剣士 三

姫と剣士 三

佐々木裕一

幻冬舎時代小説文庫

目次

第一章　縁談

一

　今日も道場から、剣術の稽古をする門人たちの元気な声が聞こえている。

　出かける支度をしていた初音《はつね》伊織《いおり》は、廊下の足音に手を止めて顔を向けた。ふわふわと踊るような足取りで来た下女の佐江《さえ》が、至極嬉しそうに言う。

「伊織様、この元気な声が聞こえますか」

「ああ、聞こえるとも」

「うふふふ、そうでしょう。ついに、門人が七十人を超えて七十五人になったそうです」

　十太夫《じゅうだゆう》が倒幕派の志士を囲っていると疑われたせいで、幕府の目を恐れて門人が一人も来なくなった初音道場は、存続の危機に陥っていた。だが、今は月の手当てが増え、暮らし向きが楽になっている。

また門人が増えたと声を弾ませる佐江を見て、伊織は微笑んだ。

佐江が言う。

「今日のお夕食は、先生の大好きな鰻の蒲焼にしましょうね」

小骨が苦手な伊織は、食べたくないとは言えず、

「鰻は夏に食べるものだろう」

などと口にして抵抗したのだが、佐江は得意顔で答える。

「それは、夏に鰻が売れるように仕組んだ鰻屋の方便ですよ。知り合いの漁師さんがおっしゃるには、ほんとうの旬は水が冷たくなるこれからなんですって」

初耳の伊織は、落胆しつつも問う。

「そうなのか？」

「はい。鰻は熊のように冬眠するから、今の時季の物は、脂があっさりして、旨味が濃いそうです」

なんとなく興味を惹《ひ》かれた伊織は、うなずく。

「それは是非とも食べてみたいな」

「では決まりですね。寄り道せず、早くお帰りください」

「ああ、分かった」

伊織は書物を風呂敷に包み、道場を出て大久保《おおくぼ》寛斎《かんさい》の家に急いだ。

薬学を己のものにせんと懸命な伊織は、今日もしっかりと学び、処方箋のなんたるかを書き写しているうちに、ふと、思うところがあって筆を止め、顔を上げた。

気づいた琴乃《ことの》も筆を止めた。

琴乃の微笑みに笑顔で応じた伊織は、読み物をしている寛斎に問う。

「先生、薬は多数の生薬を混ぜることによって、症状を抑える効果を得られるのは理解できました。しかしながら、薬の中には腹痛や頭痛を起こすなど、身体にあまりよろしくない物がありますが、そのような物も飲まなければならぬのですか」

寛斎は、書物を置いて伊織を見た。

「それが、薬というものじゃ。すべてがすべて害が出るわけではのうて、稀に、生薬が身体に合わぬ者もおると心得よ」

「その稀に当たりましたら、いかがすればよいのですか」

「琴乃、教えてやりなさい」

寛斎に言われて、琴乃は伊織と向き合った。

「腹痛などの症状が出た患者には、同じ効き目のある別の生薬を試します。ただし、量を少なくして、様子を見ながら徐々に増やすのがよろしいでしょう」

たとえばこれなど、と言って、琴乃は、熱を下げるための薬の処方を二通り見せながら丁寧に分かりやすく教えてくれ、伊織は納得した。

「ひとつ学びました。ありがとう」

「どういたしまして」

琴乃は笑顔でそう言うと、文机《ふづくえ》に向かった。

伊織が美しい横顔を見ていると、寛斎が空咳をして言う。

「今日は、ここまでといたそう」

伊織は琴乃と共に寛斎に頭を下げ、先に帰る琴乃を送って表に出た。

「赤城《あかぎ》明神に行きたいところですが、今日は早く帰らなくてはなりません。明後日にどうですか」

伊織がそう声をかけると、琴乃は明るい顔でうなずく。

「楽しみです」

乳母の美津《みつ》が伊織に近づき、遠慮がちに言う。

「伊織様、赤城明神もよろしいですが、たまには、甘い物もよろしいかと」

美津の口から思いもよらぬ言葉を聞いた伊織は、驚いて琴乃を見た。

すると琴乃も同じ気持ちらしく、見開いた目を伊織に向けてきた。すぐに嬉しそうな顔をする琴乃に、伊織も笑顔で答える。

「良い店を探しておきます」

すると美津が即答し、隠居屋敷の近くに新しくできた店をすすめてきた。

「個室で人目につかず、温かい汁粉の味が良いと評判になっています」

琴乃は知らなかったらしく、

「いつの間に」

と笑い、行ってみたいと言った。

伊織は快諾した。

「隠居屋敷の近くならば、送っていけますから丁度いいですね」

そう言って見送り、こころを弾ませて座敷に戻ると、寛斎が問う。

「良い話になったか」

この一言で、伊織は察した。

「ひょっとして、先生のお計らいですか」

「なんのことだ。わしは、声が聞こえたゆえ問うたまでじゃ」

とぼけた顔が、そうだと物語っている。

だが伊織は深く追求せず、

「明後日が楽しみです」

そう答えると、寛斎は満足そうな顔でうなずいた。

夕餉《ゆうげ》は、佐江が言ったとおり鰻の蒲焼だった。

香ばしい匂いに食欲が増した伊織は、父十太夫が口に運ぶのを待って、自分の鰻に箸をつけた。

一口食べ、伊織は目を見張る。

「ほんとうだ、佐江が言ったとおり、夏に食べるのと違って身が柔らかい気がする」

「旬の話か」

十太夫に言われて、伊織はうなずく。

「冬眠するとは知りませんでした」

十太夫は、箸でつまんだ鰻の身をまじまじと見ながら言う。

「昔と違い、今は鰻も高くなったものだが、これを食えるのは、山城屋《やましろや》久米五郎《くめごろう》が門人を増やしてくれたおかげだ」

「今朝聞きました。七十五名になったそうですね。おめでとうございます」

十太夫は鰻をかじり、咀嚼《そしゃく》しながら、厳しい目を伊織に向ける。

「稽古の音を聞いて、剣士の血が騒いでおるのか」

伊織は目を伏せた。

「いえ。今は、薬のことで頭がいっぱいです。一日も早く一人前になるために、日々学ばせていただいております」

「ならばよい。が、あまり根を詰めるでないぞ。昨夜も、夜中まで明かりがついておったな」

伊織は恐縮した。

「ご存じでしたか」

「頭が冴えておらねば、何も入ってこぬ。寝るのも学問のためと思うて、早う横になれ」

「はい。今日からそうします」

うむ、と応じた十太夫は、佐江に飯のおかわりを頼み、肝吸いを口に運んだ。

「伊織様もどうぞ」

佐江に促されて、伊織は茶碗に残った飯をかき込んでから渡した。

十太夫が真顔で言う。

「ところで伊織、小冬《こふゆ》をどう思うておる」

茶碗を受け取った佐江が落としそうになったので、伊織が手を添えた。

佐江は茶碗よりも十太夫の言葉を気にして、そちらを向いて言う。

「先生、藪から棒にどうされたのです。まさか、伊織様と小冬さんを夫婦《めおと》にとお考えですか」

「わしではない。久米五郎がな……」

言いかけてやめた十太夫は、伊織に探るような目を向ける。

「お前の気持ちを聞かせろ」

いきなりのことだが、伊織に迷いはない。

「お断りいたします」

「そう言うだろうと思うていたが、まあ、そう邪険にせず、頭の隅に置いておけ」

「父上、小冬殿との縁談は、まったく考えられませぬ」

真っ直ぐ目を向けて告げた伊織は、佐江に飯のおかわりを断り、居間を出て自分の部屋に戻った。

黙って見送る十太夫に、佐江が言う。

「先生、伊織様のお気持ちをご存じでしょう」

「だからこそじゃ。今のうちに、伊織に相応《ふさわ》しい相手を探さねばならぬ。その点、小冬は好い娘じゃとは思わぬか。佐江も、よう気が利く優しい娘じゃと褒めておったではないか」

「それはわたしの気持ちですから。でも……」

「でも、なんじゃ」

「なんでもありません」

佐江はそう言って台所に戻ると、可哀そうだと小声でこぼし、しみじみと、伊織の茶碗を見つめた。

翌々日、伊織は約束したとおり、琴乃と甘味処に行った。

個室には、美津と三人で入った。こうすると、琴乃と伊織が逢い引きをしているとは思われぬという計らいだ。

当然、伊織に異論はない。

他愛もない話をしながらいただいた汁粉は、評判どおり甘さを抑えた味で、美津などは、

「いくらでも食べられますね」

大喜びで、三杯もおかわりをして琴乃を呆れさせた。

こののどかな時が、伊織は好きだった。一昨日は父から小冬のことを言われたが、琴乃しか考えられぬという思いが強くなるのだった。

そういえば、と話題を変えたのは琴乃だ。

「隣の猫が子猫を産んだそうですね」

美津は笑顔で答える。

「黒と真っ白なのが三匹ずつだそうです」

「可愛いでしょうね」

目を細める琴乃に、伊織は訊いた。

「猫が好きそうですね」

「とっても」

「飼っているのですか」

「幼い頃は一匹いたのですけど、死んでしまってからは、どうしても飼えなくて」

美津が伊織に言う。

「ひと月は毎日泣かれていました」

琴乃らしいと思った伊織はうなずいた。

「気持ちは分かります。いて当たり前のものがいなくなるのは、悲しいですね」

「なので、今はよそ様の猫を見て楽しんでいます」

「神楽坂《かぐらざか》は猫が多いですからね」

「昨日も帰り道に、見知らぬ子を見つけました。丸々と太った茶虎の子が、触らせてくれたのです」

可愛くてたまらない様子の琴乃を、伊織は愛《いと》おしく思うのだった。

楽しい時は瞬く間に過ぎてゆき、美津がそろそろ、と切り出す。

代金を払った伊織は二人を送り、中に入るのを確かめてから家路についた。

明日もまた会えるかと思うと胸が弾み、足取りが軽くなる。

目の前を走って横切った茶虎の猫が、家の軒先から伊織を見てきた。丸々としているため、琴乃が言っていた猫に違いないと思い歩み寄ると、猫は姿勢を低くして走り去ってしまった。

離れたところから見てくる猫に、伊織は微笑む。

「どうやら、お前も琴乃殿がいいのだな」

そう声をかけると、猫は返事をするように鳴いた。

それが可笑《おか》しくて、伊織は笑った。

二

　このところ江戸の町は、吉田松陰《よしだしょういん》という若者の話題でもちきりだった。

　長州《ちょうしゅう》の萩《はぎ》の田舎町で大志を抱いた彼は、蒸気機関で動く鉄の戦艦で乗り込んできたペリーに屈する幕府を批判し、敵艦隊に勝つための戦術を藩主に奉じる強硬な攘《じょう》夷《い》論者であった。だがそのいっぽうでは、巨大な鉄の戦艦を建造できるアメリカに興味を抱き、敵国を偵察する目的で、国禁を犯してアメリカに渡ろうと考え、同志の反対を押してペリー艦隊に身を投じようとして失敗した。

　井伊《いい》大老はこの若者を危険視して江戸に押送《おうそう》させ、評定所で取り調べたところ、堂々と老中の間部詮勝《まなべあきかつ》を批判し、暗殺する計画もあったと自ら語ったため、倒幕派とみなされ、斬刑に処されたのだ。

　最後まで、異国に屈するべきではないと訴えていた吉田松陰の遺骸は、罪人として法に則り、千住《せんじゅ》にある小塚原回向院《こづかっぱらえこういん》の無縁仏に打ち捨てられるはずだったが、長州藩の者が手を回して受け取り、手厚く葬った。だが、それを知った幕府はすぐさま掘り返し、国禁を犯した大罪人として、回向院に打ち捨てたのだ。

「長州の者は無茶をする」

　将軍家の膝元に暮らす江戸の民は口々に、外様大名である毛利《もうり》家を罵り、その噂は十太夫の耳にも届いた。

長男智将《ともまさ》が、まさにその長州に与《くみ》し、江戸に押送される吉田松陰を救い出さんとしたことは記憶に新しく、

「何やらことを起こそうとしておるに違いない」

そう思っていたところへ、吉田松陰処刑の知らせを受けたため、心配は増すばかりだった。

吉田松陰の噂を知らせた師範代の篠塚一京《しのづかいっけい》は、険しい顔をして黙り込んでしまった十太夫に対し、かける言葉が見つからないようだ。

しばらく沈黙が続き、十太夫は舌打ちをして口を開いた。

「菫《すみれ》の父、郷野嘉七《ごうのかしち》殿が手紙に書いておられたが、智将が助け出そうとした吉田松陰なる者は、非常に優れた軍学者であり、藩主に奉じたペリー艦隊を打ち負かす戦術は、藩の重臣を驚かせるほど優れたものだったようだ。また、松下村塾《しょうかそんじゅく》と申す塾の塾頭をしておった時は大志を抱く若者が大勢集まり、その教えは、今も若者の胸に深く刻まれておるそうじゃ」

一京が心配そうに問う。

「若も、その一人でしょうか」

「舅《しゅうと》殿はそうは書いておられぬが、吉田松陰の大志に陶酔しておるからこそ、助け出そうとしたに違いない。此度《こたび》の吉田松陰に対する幕府の仕置を、長州の若者たちが黙って受け入れるとは思えぬ。悪いことが起きねばよいが」

智将を心配する十太夫は、何もできぬのがもどかしいとこぼし、不自由な足をたたいて深いため息をついた。

この初音道場には長州藩の者が大勢通っていた時期があり、井伊大老の下で働く磯部兵部《いそべひょうぶ》に目を付けられ、十太夫が足を不自由にさせられるきっかけにもなった。

十太夫の足を見ていた一京は、苦々しい面持ちで口を開く。

「若は、宍戸源六《ししどげんろく》殿と仲が良うございました。今も行動を共にしておられるのでしょうか」

十太夫は首を横に振る。

「舅殿は、そこは分からぬのであろう。もしも行動を共にしておるのなら、長州から出て、上洛しておるのではないかと案じておられる」

「上洛……」

一京は渋い顔をした。

「京で何をされようとしているのでしょう」

「長州藩は公家と手を組んで攘夷の声を高め、異国の者を追い払う方向へ幕府を動かそうとしておるようじゃ」

「長州藩は本気で、黒船を有するアメリカと戦を望んでいるのですか」

十太夫はうなずいた。

「幕府はそれを察知して、長州を焚きつける吉田松陰を処刑したのだと、舅殿はおっしゃっている」

「見せしめですか」

「であろうな」

「宍戸源六殿は、熱いお方でした。他の方々も今の御公儀に不満を持たれておりましたが、吉田松陰を罰したことで、長州は止まりましょうか」

十太夫はまた首を横に振る。

「宍戸の性格はよう知っておる。吉田松陰の命を奪った井伊大老を恨んでおろう。止まるどころか、倒幕の種火に油を注いだやもしれぬ」

「先生は、宍戸殿が江戸に戻られるとお考えですか」

十太夫は険しい顔でうなずき、奥の部屋に通じる廊下を見た。

「伊織はどうしておる」

「今日も、寛斎先生の許《もと》で薬学を学ばれております」

「あれには、今ここで話したことを言うでないぞ」

「心得ました。では、稽古に戻ります」

頭を下げ、門人たちが待つ道場へ行く一京を見送った十太夫は、腕組みをして庭に顔を向けた。菫が好きだった蠟梅《ろうばい》の葉が色づいており、黄色の葉が落ちて風に舞った。

「菫よ、お前が生きておれば、さぞ気を揉んだであろう」

ついこぼした十太夫は、智将の身に何かよからぬことが起きそうな気がしてならぬのだった。

十太夫が伏せたことで、伊織は何も憂えることなく、琴乃とたまに甘味処に行ったり、赤城明神で二人きりで語り合うのを楽しみに暮らしていた。

ところが、吉田松陰が処刑されて半年後、世を震撼させる事件が起きた。

権勢を誇り、公儀に逆らう者を捕らえて処刑していた井伊大老が、登城の途中で襲撃され、命を落としたのだ。雪の桜田《さくらだ》門外が赤く染まるほどの惨劇だった。

その一報を一京から聞いた十太夫は、

「まさか、智将がやりおったか」

などと口走り、

「先生」

慌てる一京の声で、はっとして伊織を見た。

夕餉の膳を調えていた佐江が手を止めて、大きく開いた目で十太夫を見ている。

顔色は真っ青だ。

耳を疑った伊織は問う。

「父上、今なんとおっしゃいました。兄上が井伊大老を討ったとお思いですか」

「いや……」

口籠もる十太夫を見ている一京も、伊織の目には、何かを隠しているように思えた。

「一京さん、そうなのですか」

金切り声をあげたのは佐江だ。

一京は答えず、ちらと伊織を見て、困惑顔を十太夫に向けた。

伊織が十太夫に向く。

「父上、お答えください。兄上が関わっているのですか」

「まだ分からぬ」

十太夫はそう言ったきり、苦そうな顔で膳の前に座り、空の飯茶碗を佐江に差し出した。それからは、伊織が何を問うても答えてくれなくなった。

佐江は給仕をしながら、心配そうに十太夫と一京を見ている。

沈黙が続き、一京が耐えかねたように立ち上がった。

「これより子細を調べてまいります」

伊織も立ち上がった。

「わたしも行きます」

「お前はじっとしておれ」

強い口調で十太夫から言われて、伊織は兄の関与があるのだと思い、不安になった。

一京は伊織の肩をたたき、すぐ戻ると言って出ていった。

見送った伊織は、十太夫に問う。

「父上、どうして兄が与していると思われるのです」

「黙れ。飯がまずくなる」

それでも伊織が問おうとすると、佐江が袖を引いて止めた。

「とにかく、一京さんを待ちましょう。冷めますから召し上がってください」

伊織は従った。

「佐江も今のうちに食べなさい」

十太夫に言われて、佐江は台所に下がった。

伊織は食事をしつつ、十太夫の顔色をうかがった。いつもより顔色が優れず、眉間の皺をより深くして食事をする姿は、母が病に倒れた時と同じだ。

智将は、今の世はこのままではいかん、なんとかしないと、異国にすべて奪われてしまう、と門人たちと語っていた。

ふと、そのことを思い出した伊織は、十太夫に問わずにはいられなくなった。

「兄上は、剣の修行をなさっているのではないのですか」

十太夫は荒々しく箸と茶碗を置き、何も言わずに立ち去った。奥の障子が閉められる音を聞いた伊織は、膳を持って佐江のところに行った。

「佐江は、何か聞いているのか」

たくあんとご飯を食べようとしていた佐江が、箸を止めて見てきた。

「智将様のことですか」

「そうだ。兄は実は、修行の旅ではなくて、江戸にいるのだろう?」

佐江は驚いたように首を横に振る。

「わたしは知りません。修行の旅をなさっているとばかり思っていましたもの」

「そうか。しかし父上のあの様子は、尋常ではない。もしも兄上が井伊大老の暗殺に加担していれば……」

「いけません!」

大声を出す佐江を伊織は見た。酷く怒った顔をしている。

「悪いことを考えると、そのとおりになりますからおやめください。きっと先生は、智将様がひとつも便りをお寄越しになりませんから、つい、心配になられただけです。あのお優しい智将様が、天下を揺るがすような大それたことをされるはずがありません」

きっぱり言い切る佐江に、伊織はうなずいた。

「そうだな。きっと父上の早合点だ」

残っているおかずとご飯を残さず食べた伊織は、部屋に戻って一京の帰りを待った。

「若、よろしいですか」

一京の声に立ち上がった伊織は、障子を開けた。夜は更け、外は凍て付く寒さだが、一京は頬を赤くして、額に汗を浮かべている。走って戻ったに違いないと思った伊織は、不安になり招き入れた。

中に入った一京は、伊織を座らせて障子を閉め、膝を突き合わせて言う。

「先ほど先生にもご報告したのですが、水戸《みと》浪士が井伊大老襲撃を自訴し、薩摩《さつま》の者もいたという噂があります」

「兄上はいないのですね」

　一京はうなずいた。

「智将様が関わっている様子はなく、先生も安堵されておりますから、この件については ご安心ください」

　伊織は笑みを浮かべた。

「良かった。父上がどうしてあのようなことをおっしゃったのか分かりませんが、肝を冷やしました」

　一京も笑う。

「先生は、若が長州藩の方々と同じように異国の者を嫌っておられるから、大それたことをされたと思われたのでしょう」

「それにしても、水戸といえば徳川御三家でしょう。大老を襲うとは、ずいぶん思い切ったことをされましたね。水戸徳川家はどうなるのですか」

「あくまで脱藩した者がやったことだと言い張って、逃げるでしょうね」

「では、お咎めはなしですか」

「ないと思います」

断言する一京の自信はどこからくるのだろうかと思う伊織だが、世の中、特に政《まつりごと》に疎い自分と違い知見が広いだけに、そう見ているのだろう。

「井伊大老が襲われて、城の周囲は大騒ぎですか」

「曲輪《くるわ》内は入れぬので分かりませんが、町は騒然としていました。自訴せず逃げた者もおるそうですから、役人が走り回っています」

顔には出さぬが、伊織は先ほどから琴乃のことが心配だった。父親の松平帯刀《まつだいらたてわき》は今頃、下手人捜しに奔走しているはず。となると、物騒な町に出してもらえなくなるだろうと思うのだ。

伊織はまんじりともせず朝を待ち、寛斎の家に行った。

今日は琴乃が来る日だったのだが、やはり思ったとおり、刻限を過ぎても来なかった。

文机に向かう寛斎は言葉少なで、酷く険しい顔をして考え込んでいる。伊織が、話しかけるのを戸惑うほどにだ。

沈黙が続く中、琴乃を待っていた伊織は、寛斎に話しかけるきっかけになればと思い、茶を淹《い》れに台所へ行き、湯呑み茶碗を持って部屋に戻った。

「先生、お茶をどうぞ」

文机に置くと、寛斎が険しい顔をして言う。

「この国は、大きく変わるやもしれぬぞ」

「井伊大老が討たれたからですか」

「さよう。要ともいえる井伊大老を失った幕府は、大きく力を落とす。これにより、井伊大老に虐げられていた一橋《ひとつばし》派がこぞって息を吹き返すのは火を見るよりも明らかじゃ。となれば、これまで井伊大老の許で攘夷論者を断罪し、苦しめてきた磯部兵部など役人たちの立場が一変し、命さえも危うくなるであろう」

湯呑み茶碗をつかんで茶を一口飲んだ寛斎は、伊織の目を見て重々しく告げる。

「わしの読みどおりになれば、松平帯刀殿も危ない」

「確かに……」

伊織は、何よりも琴乃を心配した。

「琴乃殿にも、災いが降りかかると思われますか」

寛斎は真顔で答える。

「万が一、帯刀殿が落命される事態となれば、松平家は一橋派によって改易されよう」

「もしそうなれば、家族はどうなるのですか」

「これまで、家禄を失い路頭に迷う家族の姿を数多く見てまいった。なんの苦労もなく暮らしておった者が家屋敷を没収され、身ひとつで追い出されるのじゃ。世間の白い目にさらされ、その日食うにも事欠く暮らしに耐えかねて、命を絶つ者もおる」

「帯刀殿は、今どうされておりましょうか」

「それは分からぬ。琴乃が来れば問おうと思うていたが、今確実に言えるのは、井伊大老の許で働いていた者は、一橋派から命を狙われるおそれがある。特に磯部兵部と帯刀殿は、警戒を強めておろう」

「帰ります」

　立ち上がる伊織に、寛斎が言う。

「隠居屋敷へ行くのはよいが、周囲に目を配るのをゆめゆめ忘れるでないぞ」

「はい。では」

「待て」

寛斎は立ち上がり、不自由な右足を引きずって簞笥の前まで行くと、引き出しを開けて紺の刀袋を取り出した。

「念のためじゃ。これを持ってゆけ」

受け取った伊織が袋から出してみると、亀を透かし彫りされた黒鉄《くろがね》の鍔《つば》に、黒塗り鞘の刀だった。

「備前物じゃが、あまり良い品ではないゆえ遠慮せず使え」

寛斎はそう言うが、鞘などの拵《こしら》えを見ても名刀に違いない。

伊織は遠慮しようとしたが、寛斎は厳しく言う。

「隠居屋敷の周囲には何者がおるか分からぬのだ。持たぬなら行くでない」

寛斎の様子から、帯刀の立場はかなり危ういのだと察した伊織は、素直に応じて刀を帯に差し、琴乃のところへ走った。

牛込矢来下《うしごめやらいした》通りを早稲田《わせだ》のほうへ行き、坂をくだって済松寺《さいしょうじ》近くの道に入った。

隠居屋敷の門は閉ざされ、ひっそりとしている。思い切って門扉をたたいて声をかけたが、返事はない。垣根の隙間から中を覗くと、母屋の雨戸が閉められていた。

ふと、視線を感じて右を見ると、路地の先で人影が身を隠した。

怪しげな者を見つけた伊織は、話を聞くべくそちらに走った。警戒しつつ角を曲がると、遠くに走る編笠の侍の後ろ姿があり、追っていくも、逃げられてしまった。

井伊大老を襲撃した輩《やから》の仲間に違いないと思った伊織は、琴乃の無事を確かめるため、番町《ばんちょう》へ急いだ。

いつもと変わらずにぎわっている神楽坂を走ってくだり、牛込御門から曲輪内へ入ろうとしたのだが、門を守っていた番人たちが六尺棒で行く手を阻んだ。

「どこへ行く」

「番町の松平帯刀様の屋敷へまいります」

番人たちは表情を険しくした。

「名乗れ」

「牛込御《お》簞笥町《たんすちょう》の初音伊織と申します」

目つきが鋭い、年長の番人が問う。

「御公儀の用か」

「いえ」

「ならば通すことはできぬ。帰れ」

「お願いでございます。通してください」

番人は聞く耳を持たず、六尺棒を上げようとしない。

別の若い番人が厳しく告げた。

「番町は旗本の方々が堅く守られており、入っても道を閉鎖されて近づくことすらできぬ。帰れ帰れ」

押し返された伊織はあきらめるしかなく、琴乃が本宅に戻っていることを願いながら、寛斎の家に引き上げた。

「ただ今戻りました」

声をかけ、備前の刀を帯から抜いた伊織は、返事がないので障子を開けた。

寛斎は、文を読んでいた。

伊織は邪魔をせぬようそばに座り、刀を袋に入れた。

「無駄足だったようじゃな」

「はい」

返事をしたものの、伊織は顔を上げた。

「どうしてご存じなのですか」

「たった今、これが届いた」

渡されたのは、琴乃からの文だった。

読むと、井伊大老の事件後すぐに、帯刀は松哲《しょうてつ》夫婦と琴乃を本宅に連れ戻していた。

番町が封鎖されるのを受けて、急ぎ呼び戻したに違いないと思いながら、伊織は琴乃の字を読み進めた。

厳しく外出を禁じられ、当分ここには来られないことと、伊織に息災だと伝えてくれと書いているのを見ても、帯刀の警戒ぶりがうかがえる。

文を戻すと、寛斎が言う。

「そういうわけじゃから、安心しておるがよい。番町の旗本は、皆武芸に優れておるゆえ、賊は近づけぬ」

「はい」

「会えぬのは寂しいだろうが、此度ばかりはどうにもならぬ。お前は、心を落ち着けて薬学に励むがよいぞ」

「承知しました。そのようにいたします」

「今日のところは帰れ。わしに思うところがある」

「はは」

伊織は頭を下げ、部屋を出て家路についた。

三

寛斎が睨んだとおり、帯刀は立場が悪くなっていた。

一橋派と水戸の動きを探っていたにもかかわらず、井伊大老の襲撃を許したことで、幕閣たちから恨まれたのだ。

登城の命を受けて本丸御殿に上がると、老中や若年寄たちから、

「貴様のせいで、御大老は討たれたのじゃ」

「さよう、一橋派が動くぞ。どうするつもりじゃ」

などと責められ、罵倒された。

帯刀はその場で罷免され、改易の危機に直面した。

これに助け舟を出したのは、同座していた磯部兵部だった。

「方々は、すべての罪を帯刀殿に押し付けて終わりにしようとお考えのご様子ですが、それでは、敵の思う壺ですぞ」

こう切り出して黙らせると、帯刀の横に並んで皆に告げた。

「井伊様を討ち果たしたことで、敵は勢いを増しましょう。これを逆手に取り、倒幕派と、江戸市中に潜伏しておる攘夷を唱える輩をたたき潰せばよい」

幕閣たちがうなずくと、磯部は続けた。

「だがそれには、帯刀殿の力が欠かせませぬ。ここで罷免されては我ら番方にとって大きな痛手となり、倒幕派だけでなく、異人の命を狙う攘夷派の更なる凶行を許してしまいますぞ」

磯部の熱弁に幕閣たちは口を閉ざし、帯刀は難を逃れた。

そして、老中の提案で磯部と帯刀は協力する運びとなり、改めて、水戸藩と長州藩を見張るよう命じられた。

「水戸は、それがしにおまかせあれ」

磯部が名乗り出て老中に認められ、帯刀は長州藩の担当となった。

だが帯刀は、不服を申し立てた。

「井伊大老を襲撃した者の中に、薩摩脱藩の者がおったはずです。薩摩は見張らなくてもよろしいのですか」

すると、幕閣の一人である安藤信正《あんどうのぶまさ》が余裕ありげに答えた。

「薩摩はいち早く、恭順の意を表してまいったゆえ心配ない。けしからぬのは長州じゃ。吉田松陰の首を刎ねたのを恨み、京で何やら不穏な動きをしておるかと思えば、江戸にも吉田松陰の弟子を送り込んでおる。水戸と薩摩が大それたことをした今、長州も後れを取るまいとして、何かたくらんでおるに違いない」

若年寄が続く。

「さよう。松平殿、次はないと心得て、ことに当たれ」

「はは」

老中たちに平伏した帯刀は、磯部と共に下がった。

松の廊下を歩きながら、磯部が言う。

「井伊大老を襲うた者は、残らず捕らえてやる。大老のお命ひとつ奪ったとて、この世は何も変わらぬのだということを敵に思い知らせてやらねばならぬというのに

「……」

耳目を気にして口を閉じる磯部に、帯刀は言う。

「今座敷に残っておられる方々は、弱腰なのか」

磯部は舌打ちをした。

「まったくそのとおりだ。井伊大老は京都にも目を光らせておられたが、我こそが後釜にと名乗り出る者がおらぬ。おそらく安藤様が濃厚であろうが、井伊大老の仕置きに後ろ向きであったゆえ、どうなるか分からぬ」

井伊大老の独裁とも言える状態が長く続いたせいで、今の老中たちは頼り切っていたのだ。

「弊害が、ここに来て出たか」

ぼそりとこぼす帯刀に、磯部が言う。

「身辺、くれぐれも気を付けられよ。それがしは昨日襲われ、一人斬って捨てた」

帯刀は驚いた。

「刺客を向けられたか」

磯部は片笑む。

「別に驚くことではない。御大老が討たれたと知った時から、覚悟はしておった。貴殿も肩を並べておったのだ、帰り道も油断せぬことだ」

まだ用があると言った磯部は、己の控えの間に向かった。

見送った帯刀は下城し、大手門で待っていた家来たちに油断するなと告げ、番町の屋敷に戻った。

すぐさま家来を大広間に集めた帯刀は、一同の顔を見て告げた。

「今日より、長州藩の見張りをいたす。江戸にあるすべての屋敷に目を光らせるには人が足りぬゆえ、上屋敷に的をしぼる。出入りする者すべてを調べるのじゃ」

一同が声を揃えて応じると、さっそく動いた。

激震が走った春が終わり、季節が流れて初秋になっても、琴乃は番町の本宅に留め置かれていた。そのあいだ、美津を寛斎宅に通わせ、寛斎も祖父松哲の往診に来ていたこともあり、伊織の話を聞くことができていた。

寛斎の許で学んでいる伊織の、筆を走らせる時の真剣な眼差しや、姿勢良く歩く姿などを目に浮かべて過ごし、想いを寄せる日が続いている。

届いたばかりの薬を煎じた琴乃は、松哲の部屋に届けた。すると松哲は、近頃には珍しく筆を執り、書き物をしていた。

大筆で何を書いているのかそっと見ると、万延《まんえん》の字だ。

満足したような息を吐いた松哲に、琴乃は声をかける。

「力強く、美しい字ですね」

「おお、おったのか」

驚きもしない松哲は、琴乃が差し出した湯呑み茶碗をつかみ、薬湯を飲んだ。

苦そうな顔をして口を開く。

「春の災いを受けて安政から万延に改元されたおかげで、江戸は静かになった。帯刀も、近頃は表情が穏やかになったと思わぬか」

松哲の言うとおりだと、琴乃は思う。

すると、益子《ますこ》がほっほっほ、と笑い、琴乃に言う。

「先ほど帯刀殿が来て、井伊大老を襲うた下手人も捕らえられ、江戸市中は静けさを取り戻したゆえ、明日には番町の封鎖が解かれ、御上の許しを請わず往来ができるようになるそうですから、お爺様は改元のおかげと喜んでおられるのです」

それで、今になって万延の字を書いたのだと思い、胸が弾んだ琴乃は、松哲に向く。


「では……」

「うむ、わざわざ寛斎に足を運んでもらわずともすむぞ」

隠居屋敷に帰り、また寛斎の許で学べると言われて、琴乃は嬉しかった。

「これ、泣くやつがあるか」

「だって……」

目元を拭った琴乃は、支度をすると言う祖父母を手伝い、隠居屋敷へ帰れる喜びと、何より、伊織と会える日を楽しみに、荷造りをした。

そして翌日の昼過ぎに、隠居屋敷へ帰る祖父母に付き添い本宅を出た。

帯刀は、自ら送り届けると言って聞かず、臼井《うすい》をはじめとする馬廻りの者たちと共に駕籠を守って隠居屋敷に入り、一晩泊まった。

松哲は、大袈裟にするなと言ったのだが、帯刀は一晩中目を光らせ、屋敷の周囲に怪しい者がおらぬか確かめた。

一日だけかと思っていた琴乃だったが、帯刀は朝になると周囲の探索をさせ、怪しい者がうろついておらぬか徹底して調べた。

二日目の夜も泊まり、密かに周囲を探っていた家来から、それらしき者はいないと報告を受けてようやく安堵した帯刀は、翌朝帰る時に琴乃を呼び、二人きりで向き合った。

「よいか琴乃、江戸は静かとはいえ、油断してはならぬ。臼井を残したいところじゃが、役目に人が足りぬゆえできぬ。寛斎先生のところへ行くなとは言わぬが、人がおらぬ道を歩いてはならぬぞ」

琴乃は三つ指をついた。

「もう二度と、攫《さら》われたりはいたしませぬ」

「うむ」

帯刀は何か言いかけたようだが、

「では、帰るぞ」

そう言って立ち上がり、見送る琴乃に振り向いた。

「暇を見つけて顔を見にまいるが、くれぐれも、お爺様とお婆様を頼むぞ」

「かしこまりました」

通りを遠ざかる父の背中を見送った琴乃は、控えている美津に言う。

「寛斎先生の許へまいります」

「え、今からですか」

「薬が足りませぬ」

口実だと疑いの目を向ける美津に、琴乃は言う。

「お爺様には、もう許しをいただいていますから」

「いつの間に」

口をあんぐりと開けた美津は、出かける琴乃を慌てて追い、付き添った。


その頃、帰る帯刀を密かに見ている者がいた。

探索する帯刀の家来の目を巧みに逃れていたその者は、今は魚を入れた盥《たらい》を担ぐ棒手振りになりすましている。

気づかぬ帯刀は、自ら桜田にある長州毛利家の屋敷を見張りに行くべく、市ケ谷《いちがや》御門から曲輪内に入るために町中を歩いていた。

商家が並ぶ通りに入った時だった。前を横切った若者の顔が伊織に似ている気がした帯刀は、立ち止まって目で追う。

総髪を頭の後ろで束ね、精悍な面立ちをしている若者は、やはり間違いなく伊織だった。

手に風呂敷包みを持っているところを見ると、買い物をしているようだ。

伊織はこちらにまったく気づく気配はなく筆屋に入り、程なく出てきた。手には風呂敷包みと、たった今買い求めたであろう品の包みを持っている。

寛斎のところへ行くのか。

そう思った帯刀は、確かめるために伊織の跡をつけた。右に曲がった坂をのぼる伊織から目を離さず見ていた時、背後でした大声に、帯刀は何ごとかと振り向いた。

伊織を見ると、声に気づかず去ってゆく。

帯刀は舌打ちをするも、付き従っている家来たちと戻り、争う声がする路地へ入った。すると、刺客に襲われている二人の男がいた。

一人は武家だが、もう一人は、縁のある帽子《ハット》を被り、黒の背広を着た異人だった。

異人の供をしていた武家の男は足を斬られたらしく、立てぬようだが必死に刀を振り回し、異人を守ろうとしている。

板塀に追い詰めている刺客は六人だ。

帯刀は抜刀して迫る。

不意打ちを狙い声はかけなかったが、刺客の一人が気づき、仲間に声をかけた。

覆面で顔が分からぬ刺客に帯刀が怒鳴る。

「公儀の者である。神妙にせい！」

六人は聞くはずもなく無言で迫り、斬りかかってきた。

供をしていた臼井小弥太《こやた》と吉井大善《よしいだいぜん》が奮闘するが、次第に押され、帯刀は孤立させられた。

刺客の一人を斬った帯刀だが、目の前に新手が現れた。七人いたのだ。

臼井と吉井は、五人を相手に苦戦している。

帯刀は、己が斬り倒した刺客を跨《また》いで新手の刺客に向かう。

抜刀した刺客は、右足を出して切っ先を帯刀の喉に向けたまま低く構えた。覆面の奥にある目は異様な光を帯び、殺気が凄まじい。

帯刀は、気合をかけて斬りかかった。

袈裟《けさ》斬りに打ち下ろす帯刀の太刀筋は鋭い。だが、低い姿勢から伸び上がるように刃を受け流した刺客の剣が翻り、帯刀の肩を浅く傷つけた。

並の剣士ならば、致命傷を負うほどの剣技だ。

浅傷《あさで》ながらも、頭に死がよぎった帯刀は問う。

「名を聞こう」

刺客は帯刀を見据えた。恐ろしいまでに、冷静な眼差しをしている。

答えるはずもなく、刺客は切っ先を向けて迫ろうとした。帯刀は死を覚悟したが、刺客は下がり、仲間へ告げた。

「新手だ」

声を聞いた帯刀は、足音に気づいて振り向く。すると、二人の侍が来た。見覚えのある顔だった。

駆け付けたのは、御前試合で五本の指に入った討伐組《とうばつぐみ》だ。

三席　百石旗本　竜ヶ崎大作《りゅうがさきたいさく》三十三歳　鏡新明智流《きょうしんめいちりゅう》。

四席　五百石旗本　細川《ほそかわ》家次男　押田良衛《おしだりょうえい》十九歳　念流《ねんりゅう》。

二人一組で見廻りをしていた竜ヶ崎と押田は、帯刀を斬ろうとしていた男に迫る。押田が気合をかけて刺客に斬りかかり、刀と刀がぶつかる。刺客は押田の隙を突いて刀を打ち下ろすも、空振りをした。

「さすがは討伐組だ」

帯刀が口に出すほど、二人の戦いぶりは見事だった。多勢を相手にまったく動じることなく、むしろ押している。

刺客が一人斬られ、また一人倒された。

帯刀を斬ろうとしていた刺客は仲間を助けて奮闘していたが、竜ヶ崎の剣が勝り、腕に傷を負った。

これを潮目に勢いが逆転し、刺客どもは逃げた。

「待て！」

討伐組は、帯刀たちを残して追ってゆく。

「お前たちも追え。市ヶ谷御門で落ち合おう」

帯刀が命じると、臼井と吉井が討伐組に続いて走り去った。

刀を鞘に納めた帯刀は、怪我をしている侍を介抱している異人を守るべく駆け寄った。

言葉は分からぬが、帯刀に両手を合わせて感謝の意を表する青い目にうなずき、怪我の痛みに苦しむ侍に話しかけた。

「傷は浅い。しっかりしなさい」

侍は歯を食いしばっていたが、辛そうに口を開いた。

「かたじけのうございます。すぐ近くの、北御徒町《きたおかちまち》の旗本石川家に、蘭方医が寄宿しております。どうか、そこまで連れていってくだされ」

足の出血が酷いと見た帯刀は、異人と力を合わせて運んでやり、そのおかげで一命を取りとめた。

ついでに医者の手当てを受ける帯刀に、改めて侍は感謝の言葉を述べた。

聞けば、異人は、フランスの商人だった。戸田と名乗った侍は旗本で、通訳を兼ねて世話係の役目を帯びていたのだが、江戸の町を見たいというので、方々を案内していたという。

「何ゆえ、この町に来たのだ」

問う帯刀に、戸田は申しわけなさそうに答える。

「堀端の道を歩いておりました時に、彼が牛込にある火の見櫓に興味を持ち、上から江戸を見てみたいと申すものですから、おやすいご用と思い連れてまいりました」

「高台の牛込に立つ櫓は、確かに見晴らしが良い」

帯刀は、そばにいるフランス人を見て、戸田に告げる。

「酷く心配しておるようだ。大丈夫だと言ってやれ」

うなずいた戸田は、帯刀が聞き慣れぬ言葉で語りかけた。するとフランス人は安堵の息を吐き、ふたたび帯刀に手を合わせると、何かを語った。

「命の恩人だと申しております」

戸田に言われて、帯刀は問う。

「刺客に覚えはあるか」

「攘夷派の連中です。横浜では何者かに見張られている気配がございましたが、江戸では姿がありませんでしたから、さすがに来ぬかと油断しておりました。まさか、ここで襲われるとは……」

不覚を取ったと悔いる戸田を見て、帯刀は思うところがあり眉をひそめた。

見張りが厳しい水戸ではなく、恭順を示した薩摩でもないとすると、戦になりかねぬ危険を孕んでいる異人を襲うという大それたことをするのは、近頃上方で活発に動いている長州者の仕業に違いない。帯刀はそう断定し、江戸にも出てきおったかと、舌打ちする。

「このご仁は、それがしがお送りいたそう」

帯刀がそう申し出ると、立場を知る戸田は固辞した。

「今、医者に頼んで人を走らせております。評定所から迎えが来ますから、松平殿はくれぐれもお気を付けて、役目にお戻りくだされ」

ここへ来る途中で互いに名乗った時に見せた戸田の表情は、井伊大老の許で働いていた帯刀に対する同情だったのだ。

今気づいた帯刀は下に見られた気がして、どうにもやるせなくなったが、怪我人に当たっても仕方のないこと。

「では、そうさせていただく。しっかり養生されよ」

軽く頭を下げた帯刀は、異人にはうなずいて見せ、石川家をあとにした。

堀端の道へ下りて市ヶ谷御門に行くと、臼井と吉井が先に来て待っていた。

吉井が歩み寄ってきた。

「お怪我は……」

帯刀は手で制した。

「案ずるな。猫に引っかかれたようなものだ。それより刺客どもはどうした」

「申しわけありませぬ。逃げられてしまいました」

異人を襲った刺客より、役目を優先したに違いなく、帯刀は不機嫌に言う。

「すぐあきらめるとは、お前らしくもないではないか」

「お許しください」言ったのは臼井だ。「討伐組が、あとは自分たちにまかせろと言って聞かぬのです」

帯刀は怒気を吐いた。

「愚か者め！　あの場で手柄を奪い合ってどうする」

揃って頭を下げる二人に非はない。

「討伐組は、功を焦りすぎなのじゃ。強引な探索は目に余ると聞いておる」

帯刀がそう言うと、吉井が告げた。

「まさに、市中では勝手に商家に上がり込んで家の中を調べるそうで、評判はよろしくありませぬ」

「あのような輩に負けてどうする」

引き下がった二人を叱責した帯刀であるが、長くは小言を並べず、乱戦の中で見ていたことを告げた。

「刺客が毛利の手の者であれば、屋敷に戻る。討伐組の者に一太刀浴びて怪我をしながらもしぶとく逃げた者がおるゆえ、屋敷に入る者を見極めてやろう。怪我人がおれば、その場で取り押さえるのだ。臼井、先に行き、今張り付いておる者どもに周知せよ」

「承知」

臼井が走り去るのを見送った帯刀は、吉井と歩いて桜田にくだった。

四

帯刀が襲われたのを知る由もない琴乃は、寛斎の許で学びながら、想い人の伊織を待っていた。久しぶりに会える喜びで胸が弾んでいるのだが、寛斎の前だけに、浮かれておるのか、と言われそうな気がして、顔に出さぬよう気を付けた。

でも会えると思うと、つい、にやついてしまう。

「琴乃」

寛斎に見られたと思い、はっとして顔を向けた。

「はい」

「この処方箋はよう考えておるな。血の流れを良うする生薬には、人によっては発疹が出てしまう物があるのじゃが、松哲殿が出てしまわれたか」

「はい。初めは良かったのですが、半月ほど続けましたところ、腹と背中に出ました」

寛斎はうなずいた。

「それを抑える生薬がちゃんと入っておる。なかなかに気の利いた処方じゃ。今はこれを飲まれておるのか」

「はい」

「して、どうじゃ」

「発疹は出なくなりました」

「それは良かった」

自分で考えて薬を良い方向に変えた琴乃に、寛斎は満足そうな笑みを浮かべた。

「伊織じゃが……」

唐突に言われて、琴乃はどきりとした。返事ができずにいると、表で物音がした。

「来られましたね」

美津がそう言って迎えに出たのだが、

「伊織様！　どうされたのです！」

大声をあげた。

何かあったのだと思った琴乃は、すぐさま表に向かった。すると、血だらけで倒れている者がいた。伊織ではないが、美津は咄嗟にそう思い込んだのだ。

寛斎が来たので琴乃が場を空けると、倒れている若者を見た寛斎が驚いた。

「や、智将ではないか！」

しっかりせい、と声をかけた寛斎が頰を軽くたたくと、智将は僅かに瞼を開けた。

寛斎が琴乃に振り向いて言う。

「この者は、伊織の兄だ」

「えっ」

「このままではいかん。部屋に運ぶぞ」

寛斎に抱き起こされた智将は、ぐったりしていたのだがなんとか己の足で立ち上がった。

足の悪い寛斎に代わって美津が支え、寛斎が示す奥の部屋に連れて入った。

「仰向けじゃ」

寛斎に応じた琴乃は布団を敷き、美津を手伝って智将を寝かせた。

意識は混濁しているようだったが、やがて怪我の激痛に苦しみはじめた智将を見て、寛斎が琴乃に言う。

「傷を縫わねば命にかかわる。二人で押さえておれ」

「はい」

琴乃は肩を押さえ、美津は腰を押さえ込んだ。

寛斎が帯を切り、着物の前を開けると、胸から腹にかけて傷が走っている。傷から血が浮き出るのを見た琴乃は気分が悪くなったが、目を閉じて耐え、肩を押さえ続けた。

美津は初めから見ていない。

「琴乃、大丈夫か」

うなずいた琴乃は、寛斎の医術を学ぶべく、気を確かにして目をこらした。

焼酎で傷を洗うと、智将は火が付いたように痛がったが、琴乃と美津を押し退けるようなことはしなかった。寛斎が噛ませた布を食いしばり、畳に爪を立てるほど苦しみながらも耐えている。

傷を縫い終えた時には、智将は落ち着きを取り戻し、虚ろな目を天井に向けていた。

「血が止まった。幸い臓腑には届いておらぬゆえ、命は助かろう」

安堵の声を発する寛斎に、琴乃は両手をつく。

「お疲れ様にございました」

「ちと出てまいるゆえ、あとを頼む」

立ち上がる寛斎に、美津が不安の声をあげた。

「このような時に、どちらに行かれるのですか」

「智将の父親に知らせるだけじゃ」

「わたしがまいります」

足の悪い寛斎に代わって琴乃が行こうとすると、智将の目がしっかりと見開かれた。

「父には、知らせないでください」

寛斎は渋い顔をする。

「何ゆえじゃ」

「このようなざまを見せて、心配させたくないのです」

「大怪我をしておるのじゃ。親は知らぬほうが辛い。琴乃、行け」

「はい」

立とうとする琴乃の手をつかんだ智将は、目に涙を溜めて寛斎に告げる。

「わたしは、家を捨てたのです」

尋常でない様子に、寛斎が問う。

「誰に斬られたのだ」

「お許しください」

言おうとしない智将の様子に、ただならぬ事情を悟った寛斎は、琴乃に言う。

「今は知らせずともよい」

琴乃が応じると、智将は安堵したのか、身体から力が抜けた。

「先生」

驚く琴乃に代わって寛斎が脈を取り、安堵した。

「気を失っただけじゃ。脈はしっかりしておる。あとはわしが診るゆえ、今日はもう帰りなさい」

「でも……」

「待っても伊織は来ぬ。今日は、父御の用があると申していた」

それで知らせに行かせようとしたのかと理解した琴乃は、会えぬ寂しさよりも、兄の智将が心配だった。

「わたしも看病を手伝います」

「よい。ここへおれば、面倒に巻き込まれるやもしれぬ。急いで帰りなさい」

「お嬢様、急ぎましょう」

美津から不安そうに言われて、琴乃は渋った。寛斎が心配なのだ。

「また本宅へ連れ戻されとうなければ、帰りなさい」

寛斎に言われ、美津に腕を引かれた琴乃は、不承不承に引き上げた。

寛斎は一人で看病を続け、夕方になってようやく、智将は意識を取り戻した。

「どこが辛い」

天井を見ていた智将は、寛斎に目を向けた。

「傷が痛みますが、他は大丈夫です」

「これを飲みなさい。熱冷ましも入っておる」

吸飲みを近づけてやると、智将は口に含んで飲んだ。

額に手を当てた寛斎が、眉間に皺を寄せる。

「高い熱が出ておるが、薬が効けば少しは楽になる」

「ありがとうございます」

「弟子は帰り、今はわしだけじゃ。誰に斬られたか言えるか」

智将は首を横に振った。

「お許しください」

「家を捨てたとまで言わせるのは、相手が御公儀の者だからか」

推測して問うた寛斎だったが、智将は口を割らなかった。

日がとっぷりと暮れ、寛斎は粥《かゆ》を食べさせるべく台所に立った。その台所の勝手口の木戸が開いたのは、研いだ米を土鍋に移そうとした時だった。

入ってきた若者に、寛斎が向く。

「おぬしは確か……」

「服部瑠衣《はっとりるい》です」

名乗って頭を下げた瑠衣は、神妙な面持ちで告げる。

「何も聞かず、若を渡してください」

瑠衣の背後の暗闇に人の気配がある。

気づいた寛斎は、場を空けた。

「奥で寝ておる」

頭を下げた瑠衣は、背後の者を促して上がった。

入ってきた三人の若者は寛斎に頭を下げ、瑠衣に続く。

程なく、背の高い若者が智将を背負って出てきた。

会話から、路地に駕籠を待たせているようだ。

智将が寛斎に礼を述べ、背負われて出ていった。

黙って見送る寛斎に、瑠衣が言う。

「これは、迷惑料です」

板の間に小判を十枚置く瑠衣に、寛斎は言う。

「何をしておるのか知らぬが、命を粗末にするな」

返答をせず、頭を下げて出ていった瑠衣の様子は、以前とは別人のように感じられる。

見知らぬ若者たちがかわしていた言葉の訛りはどこのものかと考えていた寛斎は、以前、初音道場で聞いた長州のお国言葉だと思い出し、やはり引き止めようとして外へ出たのだが、時すでに遅かった。路地に姿はなく、表に出てみても、駕籠はおろか、人の姿すらどこにもなかった。

五

毛利家の見張りから戻った帯刀を待ち構えていたのは、家老の芦田《あしだ》藤四郎《とうしろう》だ。

「殿、襲われたと聞き心配しておりました。医者を待たせておりますから、まずは

「怪我の手当てをなさってくだされ」

帯刀は面倒がった。

「騒ぐな。襲われたのはわしではなくフランス人だ。助けに入って浅傷を負っただけで、もう痛みもない」

「油断はいけませぬ。膿んでしまうと厄介なことになりますから」

「悪いほうに考えるのがお前の悪い癖じゃ」

帯刀は片肌を脱いで、晒《さらし》を巻いた傷口をたたいてみせた。痛みが走ったが、顔には出さず廊下に上がった帯刀は、医者を帰らせるよう命じて自室に入った。

ところが、寝る頃になって熱が出てしまい、翌朝には下がったものの、藤四郎を不安にさせるには十分だったらしい。朝粥をとっている帯刀のところに来るなり、

「一晩寝ずに考えたのですが」

こう切り出し、臼井と吉井に勝る者をそばに置くべきだと言いはじめた。

粥を食べる気が失せた帯刀は、器を置いて不機嫌に返す。

「おればとっくに雇うておる」

だが藤四郎は、引くどころか前のめりになって言う。

「一人おります」

考えても思いつかぬ帯刀は、じっと見てくる藤四郎を睨んだ。

「もったいぶらずに、さっさと名を申せ」

「初音伊織殿でございます」

帯刀は、じっと藤四郎の目を見据えた。

控えていた小姓が、刺すような眼差しで黙っている帯刀を見て、藤四郎が手討ちにされるとでも思ったのか、顔を蒼白にしている。

しかし帯刀は藤四郎から目を逸らし、湯呑み茶碗をつかんで茶を一口飲んだ。そして小姓を下がらせ、二人きりになったところで、ふたたび藤四郎を見据えた。

「本気で言うておるのか」

穏やかな声に、藤四郎はうなずく。

「琴乃様と夫婦にして、伊織殿をこちらに引き入れるべきと存じます」

「婿か。しかしそれは無理じゃ。初音十太夫が、息子をわしの家来にさせるはずもない」

「当家の家禄を分け与えるのではなく、旗本に推挙したうえで、与力としてそばに置くのはいかがでしょう。さすれば、十太夫殿とて旗本になりたかったのですから、成算はございます」

伊織の剣と人柄に一目置いている帯刀は、藤四郎の考えも悪くないと思った。

「では、折を見てわしが動こう。それまでは、他言無用ぞ」

「お早めに動かれたほうがよろしいかと」

「分かっておる」

残りの粥をかき込んだ帯刀は、一点を見つめて、策を考える顔をした。

「フランス人を襲うた者は討伐組も追っていたが、捕らえたとは聞いておらぬ。わしに斬りかかってきた者は、恨みを込めた目でわしを見ておった。井伊大老を憎んでおる者ならば、この先わしまで狙われては面倒だ。動くのは、この傷が治ってからにいたそう」

藤四郎はうなずいた。

「承知しました。奥方様にお話しされますか」

「いや。十太夫は断る恐れがあるゆえ、奴の了承を得てからでもよかろう。父と母にも、決まればわしが説得する」

相手が十太夫だけに、用心深くなるのは当然だ。

藤四郎は承知し、別の役目を果たすべく帯刀の前から下がった。

一人で考えた帯刀は、まずは伊織を旗本に推挙すべく、老中に宛てて文をしたため、いつでも届けられるよう支度にかかった。

筆を走らせていたが、肩の痛みに顔を歪め、恐るべき剣を遣う相手のことを思い出した。

帯刀自身、決して並の剣士ではないが、刺客の剣が勝っていた。討伐組の二人が近くにいなければ、今頃は棺桶に入っていたであろう。

かさついて張りのない両手を見つめた帯刀は、

「これも、老いには勝てぬということか」

古い傷が赤黒い痣のようになり、若い時より治りが遅いのに重ねて嘆いた。

討伐組の二人の、生き生きとした動きを羨ましくも思う帯刀は、年の功で為すべきことをしようと、また筆を走らせた。

琴乃の夫になるなら、せめて三百石は取らせたいと親心を出した帯刀は、今からの世は伊織の剣が必要だと記して家禄を示し、これを逃せば、大きな痛手となるとまで書いた。

筆を置き、改めて読み返した帯刀は、ふっと、一人で笑った。

「これでは、琴乃よりもわしのほうが、伊織に魅了されておるようじゃ」

などと独りごち、推薦状を表紙に包んで文箱《ふばこ》に納め、書院の棚の奥にしまい込んだ。

翌日からは、毛利家に目を光らせながら、傷が治るのを待つことにした。

一日千秋の思いで傷の具合を確かめ、十日目になってようやく、刀をまともに振れるようになった。

真剣で剣術の型をして汗を流した帯刀は、

「これならばよかろう」

控えている藤四郎に告げると、僅かな供を連れて牛込の坂をのぼった。

寛斎の家に到着すると、表に家来を待たせ、一人で表の戸を開けた。戸口に三足の草履を認めた帯刀は、やや気が張った面持ちで廊下の奥を見つめ、声もかけず上がった。

薬学を教える寛斎の声がするほうへ向かうと、廊下で控えていた美津が気づき、眼《まなこ》が落ちるのではないかと思うほど瞼を見開いた。

中に知らせようとするのを一度止めた帯刀は、ひとつ深呼吸をして気持ちを整え、指示を待つ美津にうなずく。

すると美津は、

「殿がおみえです!」

切羽詰まったような大声を発したものだから、座敷の中から慌てた様子が伝わってきた。

帯刀が急ぎ行くと、奥の襖《ふすま》を閉めて振り向いた寛斎が、守るようにそこから動かぬ。

「是非もない」

帯刀はそう言うと、目を合わせようとしない琴乃の前で正座し、寛斎に言う。

「先生、隠さずともよろしい。本日は、伊織殿に話がありお邪魔した」

寛斎はいぶかしそうな顔をし、琴乃は責められると思っているらしく、この世の終わりのような顔をしている。

伊織と関わるようになって、何度この顔を見たことか。

そう思う帯刀は、娘の恋心を今さら分かった気がして、ここにきて複雑な気持ちになった。父親の嫉妬とは、このことを指すのであろうかと思いもした。だが、一度決めたことを変えるつもりはない。

「先生、悪い話ではないのだ。伊織殿を出してくれ」

寛斎は黙って離れ、文机に戻った。

襖を開けた伊織が帯刀の前に来て正座し、神妙な顔で頭を下げた。

「無礼をお許しください」

「わしが押し込んだのじゃ」

口を挟んで庇う寛斎に、帯刀は分かっておりますと言い、心配する琴乃を落ち着かせて伊織に言う。

「そなたに話がある。寛斎先生、部屋を借りるぞ」

「奥の客間を使われるがよろしい」

「父上、何ですか」

「よいから待っておれ」

帯刀は伊織を促して客間に連れて行き、障子を閉めた。

下座に正座する伊織と向き合って座ると、じっと目を見て告げる。

「十太夫殿に話をする前に、そなたの気持ちを知っておきたい」

伊織は帯刀と目を合わせた。落ち着いて、何ごとにも動じぬ面構えをしており、帯刀は改めて、この若者が気に入った。

「琴乃と夫婦になるのを許せば、わしに力を貸す気はあるか」

告げた途端に、伊織の顔面は上気したものの、すぐさま両手をついた。

「喜んでお受けいたしますが、父がなんと申しますか」

「そこよ。知ってのとおり、わしと十太夫殿の仲は良好とは言えぬ。だが、次男であるそなたの将来のことを思えば、望みがないわけではない。これよりわしが行き、話してみるといたそう」

「では、わたしもまいります」

「うむ。先に外で待っておる。琴乃にはまだ伏せておき、澤山善次郎《さわやまぜんじろう》のことを聞かれたと言うのじゃ」

「承知いたしました」

先に立った帯刀は、寛斎の部屋に顔を出し、

「邪魔をした」

と声をかけた。

心配そうな顔で見てくる琴乃には、しっかり学ばせてもらえ、とだけ言い、外へ出た。

待つこと程なく、手に風呂敷包みを持った伊織が出てきた。背後に琴乃がおらぬのを確かめて、帯刀は路地の陰から手招きした。

歩み寄る伊織に問う。

「琴乃にはうまく言うたか」

「はい」

伊織はどうして誤魔化すのかと尋ねてはこないが、説得する相手が十太夫だけに、こちらの気持ちを察しているはず。

伊織の案内で初音道場の表門を入った帯刀は、供の者を表に待たせ、伊織に続いて道場の建物へ足を向けた。

稽古をする声を聞き、帯刀は伊織に問う。

「門人が増えておるようじゃな」

「はい。ほぼ町の者ばかりで、初歩の稽古をしてございます」

「月の手当てが入れば、それもよかろう」

腹の底では、町人を相手にしなければならぬ十太夫を哀れんだ帯刀であるが、伊織が旗本に取り立てられれば、これまでの苦労が報われるはずだと信じ、面談に挑んだ。

案内された客間で待っていると、十太夫が来た。

渋い顔の十太夫は、

「いったいなんの用だ」

愛想なく問う。

「まあ座ってくれ」

砕けた物言いで返す帯刀に、十太夫は警戒を解かず、不自由な右足を投げ出して座った。

帯刀はさっそく切り出す。

「貴殿のご次男伊織殿を、旗本に推挙したい」

十太夫は真顔ですぐさま返す。

「どの御家か」

「家来ではなく、伊織殿を旗本にするのだ。家禄は三百石でいかがか」

十太夫は顔色を変えず、帯刀と目を合わせた。

「ずいぶん太っ腹だが、魂胆はなんだ」

「魂胆などない。我が娘の幸せのため、相惚れしている伊織殿と添わせたいだけじゃ」

十太夫は仰天した。

「本気で言うておるのか」

「二言はない。承知してくれるなら明日にでも御老中に嘆願し、必ず伊織殿を旗本にしていただく」

「にわかには信じられぬ」

「では、どうすれば信じてくれる」

返答をしない十太夫は、苦悶の表情を浮かべている。

それを見て、帯刀は告げる。

「おぬしの旗本への道を邪魔したことが、まだ許せぬ気持ちはお察しする。どうか水に流していただけぬか」

「そうではないのだ」

答えた十太夫の頭には、智将のことがあった。それを帯刀に言えるはずもなく、十太夫は苦悩しているのだ。

智将は、吉田松陰を押送する行列を囮《おとり》とは知らずに襲い、長州の尊王攘夷派と行動を共にしている。

井伊大老が暗殺されて月日が流れた今、長州藩の者は公卿に取り入るべく、京で活発に動きはじめている。

菫の父郷野嘉七から定期的に文で知らされていた十太夫は、智将が萩から姿を消し、京で志士たちと行動していると思っている。智将は目の前にいる帯刀とは、いずれ敵同士になるはず。この縁談を許し、伊織が旗本になって松平家側の人間になれば、この先必ず、兄弟で戦うことになろう。

そう考えた十太夫は、帯刀に丁重に断ろうとした。だが、それを察した帯刀が、平身低頭する。

「どうか、娘と伊織殿の縁談を受けてくだされ」

下手に出られて驚いた十太夫は、

「どうか頭を上げてくだされ」

声をかけたが、帯刀は動かない。

狸め、と思いつつも、十太夫は困惑した。

「帯刀殿、あまりに急な話ゆえ、気が動転しておりますぞ」

本音を告げると、帯刀はようやく頭を上げ、十太夫に膝を近づけて言う。

「重ねて申すが、他家の家来にするのではなく、旗本に推挙するのだ。伊織殿のためにも、よう考えてくだされ」

十太夫は改めて断ろうとしたが、

「良い返事を待っておりますぞ」

帯刀は立ち上がり、十太夫の返答を聞こうともせず部屋から出ていった。

六

客間に向かう帯刀に、部屋から離れた廊下で待つよう命じられていた伊織は、琴乃との縁談がまとまるよう願いながら控えていた。

　やがて出てきた帯刀は、至極不機嫌そうな顔をしている。

　居住まいを正して気を張り詰めた伊織が見ていると、歩み寄った帯刀が、横に立ったまま告げる。

「わしからは、もはや言うことはない」

「父は、認めなかったのですか」

　帯刀はため息をついた。言葉にせずとも、不首尾を悟った伊織は肩を落とした。

「琴乃を本気で想うておるなら、そのほうが説得せよ」

「承知しました。今日は、ありがとうございます」

「良い返事を待っておるぞ」

「必ずや、父を説得します」

「うむ。結果がどうあれ、琴乃にはそなたが伝えよ」

　肩をたたいた帯刀は、帰っていった。

　伊織はすぐさま、客間に向かった。

「父上、入ります」

障子を開けた伊織が口を開く前に、十太夫が言う。

「驚いたことに、帯刀殿に婚儀を申し込まれた」

「そのことでお願いがございます。どうか、琴乃殿と夫婦になるのをお許しください」

「断じて、許すわけにはいかぬ」

こちらを見ない十太夫に、伊織は唇を嚙みしめた。

「認めてくださらないのは、仕官の道を断たれたからですか」

智将の今を知らぬ伊織に、十太夫は何も明かさず、そうだと答えた。

納得がゆくはずもない伊織は、十太夫の正面に正座し、真剣な顔で訴える。

「父上は、磯部兵部に足を不自由にされた時、力のなさを痛感したとおっしゃいました。武士の身分になれるというのに、何ゆえ反対されるのですか」

「わしは、奴のために辛酸を嘗めたのだ。今のざまを見ても、お前は帯刀の配下になると言うのか」

十太夫の目が悲しみを帯びているように見えた伊織は、胸が苦しくなった。確かに、旗本への道を邪魔され、苦労をした父の気持ちを思えば、許しを請うことはできない。

　伊織は、何も言えなくなり、目をきつく閉じた。

　十太夫が告げる。

「お前は、娘を想うあまり帯刀の言葉を鵜呑みにしたのであろうが、奴は単純な男ではない。この裏には、きっと何かある」

「そうでしょうか。父上を貶《おとし》めるために、大切にされている琴乃殿を利用されるとは思えませせぬ」

「わしのことを申しておるのではない。物騒な今のご時世だ。奴は、剣技に優れたお前を旗本にして配下に置き、利用しようとしているに違いないと言うておるのだ」

「わたしは、剣を捨てたのです」

「たわけ、よう考えよ。旗本になれば、そうは言うておれぬ。御公儀の禄を食《は》めば、討伐組のように、命令あれば人を斬らねばならぬのが臣下じゃ。何があろうとこの縁談、わしは認めぬ」

　十太夫は立ち上がり、伊織を残して道場に行ってしまった。

有頂天から一転して、失意のどん底に落ちた気がした伊織は、寂しく己の部屋に戻った。こうなってしまえば、琴乃に自分で伝えろと言った帯刀は酷だと思った。父と話してみて縁がないと知り、伊織のほうから切らせようとしたに違いないのだ。

琴乃は勘働きがいい人だ。今日は何も訊かれなかったが、次に会った時は、ほんとうのことを知りたがるはず。

なんと言えばいいか迷った伊織は、佐江に呼ばれても部屋から一歩も出ず、一晩寝ずに考えた。だが、朝になっても答えが出ず、寛斎の許へ学びには行けなかった。

十太夫はあれから、伊織の様子を見ようともしない。

佐江だけが、食事の誘いに来た。食事など喉を通らぬ伊織は一人にしてくれと言い、背中を向けて横になっていた。何もする気になれず、そのまま琴乃のことを考えていたのだが、いつの間にか昼になり、眠気に襲われた。起きる気になれずうとうとしているうちに眠ってしまった伊織は、悲しい顔をした琴乃が背中を向けて去っていく姿を見て目を開けた。

夢だと気づくのに少しかかったが、目の前に琴乃ではなく、山城屋の娘の小冬がいたので息を呑んだ。

伊織の前にしゃがみ、頬杖をして見ていた小冬は、伊織の額に手を当てると、唇を尖らせて言う。

「お熱はないですね。どこが苦しいのですか」

意味が分からずきょとんとする伊織に、小冬は笹の包みを持ち上げて見せた。

「昨日から元気がないって一京先生がおっしゃっていたので、塩まんじゅうを買ってきたのです。一緒に食べましょう」

病ではないと知っての言動だろう。

明るく接する小冬に真っ白な塩まんじゅうを差し出されて、伊織の腹がぐうっと鳴った。

ひとつ取って口に運ぶ伊織の顔をじっと見ていた小冬が、遠慮なく訊く。

「いったい何があったのです？」

伊織は答えず、

「旨い」

はぐらかしたのだが、小冬は探るような目を離さぬ。

眼差しが痛い伊織は、またはぐらかしにかかる。

「稽古はもう終わったのか」

「ええ、大先生と一京先生がお揃いで出かけられましたから。番町の松平家に行かれました」

訊いてもいないのにそう言った小冬は、まだ探るような目をしている。

琴乃に言う前に、父が自ら足を運んで縁談を断るのだと思った伊織は、どうすることもできず、気持ちがさらに落ち込んだ。

はばかることなく人前で背中を丸めて辛そうにする伊織に、小冬は黙って付き添っている。

「父と一京さんは、何か言っていたか」

返答がないので伊織が顔を上げると、小冬は目をそらした。

うつむいて逡巡の色を浮かべている小冬に、伊織が言う。

「聞いたのなら、教えてくれないか」

小冬は、眉尻を下げた顔で伊織を見てきた。

「大先生と一京先生は、こうおっしゃっていました。伊織には可哀そうだが、智将と敵同士にさせるわけにはいかぬ、と」

伊織は耳を疑い、小冬の両肩をつかんだ。

「確かにそう言っていたのか」

「はい。そのつもりはなかったのですが、はっきりと聞いてしまいました」

意味が分からぬ伊織は、首を横に振る。

「それは聞き間違いだ。わたしが兄と敵同士になるはずはないのだから」

小冬は、伊織が笑ったので安堵し、

「そうかもしれません。変なこと言ってごめんなさい」

頭を下げてあやまったのだが、顔を上げた時に見た伊織の顔が曇っていたので、声をかけた。

「伊織様？」

「兄とわたしが敵同士になるはずはないんだ。いいかげんなことを人に言ったらけない。今のは、ここだけの話にしてくれ」

はい、と頭を下げた小冬だが、納得していないように見える。伊織は、どうにも不安になったものの、あり得ぬ、と自分に言い聞かせ、忘れることにした。

肩を落として恐縮している小冬に、伊織は言う。

「おかげで腹が減った。もうひとついただく」

微笑んで饅頭を渡した小冬は、庭を眺めながら饅頭を口に運ぶ伊織の横顔を、そっと、心配そうに見つめた。

七

深々と頭を下げる十太夫を、帯刀は怒気を浮かべた顔で見下ろした。

「どうあっても、断ると申すか」

「申しわけない」

「倅《せがれ》は承知しておるのか」

「子の縁談は親が決めるもの。愚息の気持ちなど、どうでもよい」

帯刀はしかめっ面をした。

「旗本への道を閉ざすのか。あとで伊織に恨まれて後悔しても知らぬぞ」

そう言い置くと、十太夫を残して客間から出ていった。

頭を上げた十太夫は、客間を出ると若党の案内で玄関に向かい、待っていた一京と帰っていった。

自室にいた帯刀のところに来た藤四郎が、平伏した。

「それがしがいらぬことを申しました。十太夫殿がここまで意固地になっておられるとは思いもせず、殿に恥をかかせる形となってしまいました。深くお詫び申し上げまする」

「悪いのは十太夫じゃ。伊織の前途を誤りおった。こうなっては是非もない。すぐに琴乃を呼び戻せ」

「はは」

藤四郎が若党を隠居屋敷へ走らせ、琴乃は夕方に帰ってきた。

琴乃の母鶴《つる》を同座させた帯刀は、急な呼び戻しに不安そうな顔をしている琴乃に告げた。

「そなたも年頃じゃ。榊原勝正《さかきばらかつまさ》との縁談を進めることといたす」

鶴が驚いたものの、笑みを浮かべた。

「やっとご決断なされましたか。わたくしは良縁と思います。琴乃、良かったですね」

琴乃は目に涙を浮かべて訴えた。

「父上、勝正様には嫁ぎませぬ」

「もう決めたのじゃ。来月、榊原家に正式に申し込むゆえ、そなたは本日から母の許で嫁入りの手ほどきを受けよ。お爺様とお婆様には、わしから言うておく。話は以上じゃ」

「父上お待ちください。父上！」

琴乃の悲痛な声を聞こうとせぬ帯刀は、役目に勤《いそし》むべく奥御殿をあとにした。伏して悲しみに暮れる琴乃を、鶴がそっと抱いた。

「琴乃、これで良いのです。そなたは旗本の娘なのですから、それに釣り合う家柄の殿方に嫁ぐべきなのです。心に決めた殿方がいたとしても、それは一時の迷いと思いなさい。旗本に生まれたおなごには、自由などないのですから」

琴乃は母の腕にしがみ付いた。

「母上は、幸せなのですか」

鶴は微笑み、娘の頬を拭った。

「ここだけの話、初めはいやでしたよ。わたくしにも、密かに想う人がありましたから」

「母上に？」

「驚くことではありませぬ。年頃の乙女が殿方に憧れるのは自然なことです。でも、お前と康之介《やすのすけ》に恵まれてからは、不幸に思うたことなど一度もありませぬ。まだ分からないでしょうけど、勝正殿ならばきっと幸せになれますから、もう泣くのはおよしなさい」

　琴乃は母を心配させまいとして気丈に応じたが、部屋に戻ると障子を閉め切り、美津さえも遠ざけた。

　心配して廊下から声をかけ続ける美津の声すら耳に入らぬ琴乃は、酷く動揺して虚脱《きょだつ》状態に陥ってしまっており、畳に横たわると、瞬きもせず一点を見つめた。

　父十太夫から縁談を断ったと言われていた伊織は、琴乃に会って話をすべく、翌日寛斎の家に行った。

　だが、

「琴乃は、もう二度と来まい」

寛斎の口から琴乃の縁談を聞かされ、目の前が真っ暗になった。

相手はあの勝正と知り、絶望の淵に立たされた気持ちになった伊織は、縁談を断った父を恨みたいが、そうもゆかぬ。どうにも苦しい気持ちのやり場がなく、寛斎の家を飛び出した伊織は町中を走り、番町の松平家に向かった。

門番に名乗り、帯刀と会わせてくれと頼んだが、伊織が来ることを予測して命じられていたと思われる二人は、まるで犬を追い払うような態度で相手にしない。

それでも伊織は退かず、門前に正座して懇願した。

出てきた吉井大善が、軽蔑の眼差しをくれて言う。

「おぬし、恥ずかしい真似をいたすな。断ったのはそちらではないか」

「何とぞ、お目通りを」

「無駄だ。帰れ」

動こうとしない伊織に、吉井は片膝をついて怒気をぶつける。

「人目がある、お嬢様を辱《はずかし》める気か」

そう言われて周囲を見ると、旗本の奉公人と思しき者や、商人たちが遠巻きに見て囁き合っていた。

吉井の言うとおり、このままでは琴乃に迷惑がかかると気づいた伊織は、力なく立ち、頭を下げて去った。

吉井は腹立たしげに見ていたが、嘆息して門内へ戻った。

牛込御門を出た伊織は、神楽坂をのぼりながら、ふと目にとまった赤ちょうちんの前で足を止め、玉暖簾《たまのれん》を分けた。

初めて入った店は大勢の客でにぎわっており、昼を過ぎたばかりだというのに酒を飲んでいる者もいる。

店の女が、伊織を見て場違いだと思ったらしく、

「お迎えですか?」

と訊いてきた。

伊織は首を横に振る。

「酒を、飲ませてもらえぬか」

「えっ」

同じ年頃だと思っているに違いない女は、戸惑った顔を板場に向けた。

伊織の年で酒を飲んではならぬという法はない。

店主がうなずくと、女は伊織を空いている小上がりに案内した。

「熱燗《あつかん》でよろしいですね」

心配そうに問う女に、伊織はうなずいた。

出されたちろり酒を湯呑み茶碗に手酌した伊織は、飲めぬというのに無理をして流し込み、一息に飲み干した。

「そんなに急いだら、悪酔いしますよ」

心配して言う女に、伊織は大丈夫だと答えて、二杯目を注文した。

何も食べず、酒だけを飲み続けた伊織は、ちろりを三杯空にしてようやく、勘定を置いて戸口に向かった。

外はいつの間にか雨が降っていた。強い雨に煙る神楽坂を行き交う者たちはほとんどおらず、戸口の前を泥水が流れている。

伊織は躊躇《ためら》いもなく雨の中に歩み出ると、足下がぬかるむ坂をのぼった。家に帰る気になれず、ふらついて商家の壁にもたれかかりながら、なんとか赤城明神までたどり着いた伊織は、琴乃と会っていた思い出の場所で大の字になり、雨に打たれながら涙を流した。琴乃の名を呼び、未練がましく、惨めにもだえていた伊織であったが、飲めもしない酒に酔ったせいで、やがて意識を失った。

目の前の霧が晴れ、母が歩いてきた。伊織が声をかけても気づいた様子はなく、横を通り過ぎてゆく。表情に笑みはなく、どちらかというと不機嫌そうに見えた。後ろに兄を従えているのを見て、伊織はふたたび声をかけたのだが、霧の中に消えてしまった。

誰かに抱き起こされた温もりで瞼をゆっくり開けた伊織は、夢を見ていたのだと我に返り、霞む目をこすった。夢ではなく、目の前にいるのは琴乃だった。琴乃もずぶ濡れになっており、形が良い顎から雫が落ちている。

「琴乃殿、どうしてここに」

「屋敷を抜け出しました。伊織様に会える気がして、来てみたのです」

情けないところを見られたと思った伊織は、恥ずかしくて離れようとしたのだが、琴乃が抱き付いてきた。

きつく抱きしめた伊織は、涙を堪《こら》えて言う。

「会いたかった」

「わたしもです。もう二度と、離れたくありません」

「琴乃殿、好きだ」

伊織が目を見て告白すると、琴乃は瞼を閉じた。

二人が口づけをしようとした時、ぬかるんだ地面を走る足音が近づいてきた。

芦田藤四郎が、家来を連れてきたのだ。

「初音伊織、お嬢様から離れろ！」

琴乃と手を取り合って逃げようとした伊織に、藤四郎が叫ぶ。

「縁談を断ったのはそちらではないか！」

それでも伊織は、琴乃を連れて逃げようとした。だが、藤四郎と家来たちに行く手を塞がれ、囲まれてしまった。

琴乃が叫んだ。

「藤四郎！　下がりなさい！」

言うことを聞くはずもない藤四郎が返す。

「お嬢様、このままでは初音伊織を斬らねばなりませぬぞ」

琴乃は恐れて手を離そうとしたが、伊織がつかんで引き寄せた。

藤四郎が怒鳴る。

「いいかげんにしろ。殿がお認めになった縁談を断ったのは、おぬしの父であろう。これ以上お嬢様の気持ちを弄ぶなら、斬る！」

抜刀した藤四郎の前に立った琴乃は、伊織をかばって言う。

「何を申しているのです。父上は、勝正殿と縁談を進めようとしているではありませぬか」

藤四郎は刃を背中に隠して片膝をついた。

「それもこれも、初音十太夫が縁談を断り、殿とお嬢様に恥をかかせたからです」

「嘘です！」

「本人に確かめるとよろしい」

藤四郎に言われて、琴乃は伊織に向きなおった。

「伊織様、違うと言ってください」

事実を曲げて共に逃げようとした伊織だが、ずぶ濡れになって涙を流している琴乃を目の前にして、己を責める気持ちが勝り、足を止めた。

「ご家来がおっしゃっていることは事実です」

「そんな……、では父は……」

伊織は琴乃の目を見た。

「わざわざ足を運ばれ、琴乃殿と夫婦にさせてくださろうとしたのです。しかし父が拒み、説得できなかったわたしが悪いのです」

琴乃は泣き崩れた。

手を差し伸べようとした伊織を突き離した藤四郎が、刺すような目を向け、琴乃の腕を取って立たせた。

「これでお分かりでしょう。初音家は、お嬢様を拒んだのです」

ふらつく足取りで帰ろうとする琴乃に、伊織は叫んだ。

「わたしの気持ちは変わりませぬ」

「黙れ！」

藤四郎が怒鳴り、家来たちが伊織の行く手を塞いだ。

「琴乃！　行くな！」

伊織の叫び声は、たった一度の雷鳴に消された。

振り向いた琴乃は、酷く悲しそうな顔をしている。

伊織はもう一度気持ちを伝えようとしたが、家来に六尺棒で頭を打ち据えられ、仰向けに倒れた。

身を案じてくれる琴乃の声が、今の伊織には唯一の救いとなったが、起き上がることができず、連れて帰られる後ろ姿を見るのがやっとだった。

一人で地面に仰向けになり、雨に打たれていた伊織は、このまま死んでもいいとさえ思った。

ぬかるみを踏みしめる足音が近づき、傘で雨を遮られたので目を開けると、一京がしゃがみ込んできた。

「若、ここにおられましたか。お気持ちはお察ししますが、この世の終わりのような顔をされますな」

「分かるものか……」

ぼそりとこぼす声に、一京は顔を近づけた。

「なんと言われましたか」

伊織は歯を食いしばって一京の胸ぐらをつかみ、力まかせに引き倒した。

したたかに転がった一京に馬乗りになった伊織は叫んだ。

「どうして父を止めてくれなかったのです！」

「気がすむまで殴ればいい」

拳を振り上げ、やり場のない怒りをぶつけようとした伊織だったが、できなかった。

一京の横に仰向けになった伊織は、琴乃を失った苦しみに耐えかねて嗚咽した。

身を起こした一京が、伊織の腕をつかんで言う。

「酷なことを言いますが、家を取るか、想い人を取るか、この二択しかないのです。琴乃殿を選べば、家族と争うことになる。それでもよろしいなら、今から琴乃殿を奪いに行けばいい」

伊織は一京の顔を見た。

「どうしてそうなるのですか」

「これは天の定めだと思い、あきらめるしかないのです」

「答えになっていない！」

その場しのぎの適当なことを並べていると感じた伊織はそう叫び、立ち去ろうとしたのだが、一京は離さぬ。

伊織を抱きすくめ、力を込めてきた。

「辛いでしょうが、家族のために耐えてください。琴乃殿のことは、時が忘れさせてくれますから」

聞く余裕がなく悔しがる伊織に、一京は厳しく告げる。

「今は、おなごにかまけている時ではないのです」

「どうしてそんなことを言うのです。今日の一京さんは別人のようだ」

一京は答えず、

「とにかく、道場へ帰りましょう」

手を引かれて立った伊織は、無理やり連れ帰られた。

八

何もできぬまま月日が虚しく流れ、気づけば万延元年の秋も深まっていた。

伊織は、十太夫との会話がめっきり減っていた。琴乃との縁談を断って以来、十太夫のほうが気を遣っている風ではあるのだが、なんとなく、ぎくしゃくしているのだ。

台所で朝餉の片づけをする佐江を手伝っている時、鍋をこする手を止めた佐江が、炊事場の縁に両手をついて嘆息した。

手拭いで茶碗を拭いていた伊織が、首《こうべ》を垂れている佐江に問う。

「気分が悪いのか」

「ええ、とっても悪いです。今朝だって、おはようとだけ言われたあとは、通夜のように静かな食事ですもの。もう見ていられなくて、なんだか、おなかがきりきりします」

今この家で、もっとも気を揉んでいるのは佐江だと思った伊織は、戸棚から薬箱を取り出し、自分が処方して作った胃薬を佐江に渡した。

「これを飲めば、少しは楽になるから」

小さな紙包みを受け取った佐江は、帯に挟んで伊織を見てきた。

「まだ、先生を許せませぬか」

「縁談のことなら、生涯忘れないだろう。だけど、父を恨んでなどいない。話しかけても、ろくに返事をしてくれないのは父のほうだ」

「先生は、伊織様が以前と違って笑われないから、どう接してよいのか分からないとおっしゃっていました」

「そうか」

初めて聞いた伊織は、自分では気づいていなかった。

「笑っていないか」

「ええ」

「自分では、笑っているつもりだったが」

「こころからではないのが、伝わってきますよ」

切なくなった伊織は、食器の片づけに戻った。

佐江が言う。

「分かっています。悪いのは、意固地になっている先生のほうだって。でも、親はこの世に一人しかいないのですから……」

「もう言わないでくれ」

伊織の声音に、佐江は息を呑んだ顔をして口を閉ざした。

「父を恨んではいない。今すぐは無理でも、また前のように話せる時がくるから、見守ってほしい」

「ごめんなさい、言いすぎました」

しょんぼりする佐江には気の毒だと思うのだが、まだ気分が晴れぬ伊織は、できれば十太夫と顔を合わせたくないのだ。

それは、十太夫も同じではないかと思っているが、家族同然の佐江を悲しませたくなくて、無理をして共に食事をとっていた。だが、それがかえって佐江を苦しめていたと感じた伊織は、手を止めて言う。

「佐江、わたしの気持ちが落ち着くまで、食事は一人でとらせてくれないか」

「そんな……」

「父も、そのほうが楽だと思うから、今日からそうしてほしい」

伊織は佐江の返事を待たず、寛斎先生のところへ行くと言って部屋に戻った。

支度を整え、十太夫にあいさつもせず廊下に出た伊織は、前から来た一京に頭を下げてすれ違った。

一京ともあまり会話をしなくなっている伊織は、背中に視線を感じつつ、玄関から出た。

見送った一京は十太夫の部屋に急ぎ、一言声をかけて入った。

「伊織は出かけたか」

本を読みながら問う十太夫にはいと答えた一京は、そばに正座した。

「佐江殿から聞きました。若は今日から、一人で食事をするそうです」

「好きにさせればよい」

突き離した言い方をする十太夫に、一京は心配して言う。

「このままでは、親子の縁が薄れてしまいそうで不安です。放っておかれるのも、そろそろ終わりにされてはいかがですか」

十太夫は本を閉じ、表紙を見つつ告げる。

「夫婦になりたいと想うほど好いたおなごと引き離したのだ。まだ怒りが収まってはおるまい」

「若は家族を捨てたりはされませぬ。縁談を断ったほんとうの理由を話されてはいかがですか」

十太夫は険しい顔を向けた。

「それだけはできぬ。伊織は、戻らぬ智将のことを奔放にしておると思うておるのだ。わけを知れば、わしが智将を選んだと思い悲しむに決まっておる。今のまま、わしと帯刀の不仲が理由だと思わせておけ。決して言うでないぞ」

一京は頭を下げた。

「分かっていながら、ついいらぬことを申しました。お許しください」

うなずいて読書に戻る十太夫に、一京は提案した。

「親子水入らずで、お足の湯治を兼ねて箱根にでも行かれてはいかがですか」

「伊織が応じるとは思えぬ。あれこれ考えても無駄ゆえ、今はそっとしておいてやれ」

そう言われても、親子を見て気を揉まずにはおれぬ一京は、佐江のところに行き、何か良い手はないものかと、二人で知恵をしぼるのだった。

伊織が不憫《ふびん》だと涙を流す佐江は、智将のことを知らない。

一京はふと、小冬が伊織の気持ちを変えてくれぬかと思うのだったが、廊下ですれ違った時に見た伊織の悲しげな目が頭に浮かび、ため息が出た。

「今は先生のおっしゃるとおり、何をしても無駄かもしれぬな」

一京はそうこぼし、佐江と肩を落とすのだった。


「今日も、お頼み申します」

両手をついて頭を下げた伊織に、寛斎が渋い顔で膝を突き合わせた。

眼前に置かれた文を見た伊織は、顔を上げた。

「琴乃殿からですか」

「うむ。読むがよい」

久しぶりに見る琴乃の字は、変わらず美しい。手に取って読み進めると、寛斎に宛てた文だった。勝正との婚儀が来年の春に決まったと書かれている。

報告だけで、あとは何も書かれていない。

こちらから縁談を断ったのだから当然か。

伊織はそう思い、文を畳んで返した。

引き取った寛斎が、伊織の目を見てきた。

「これで、あきらめがついたか」

伊織は微笑むだけで、胸のうちを明かさない。

ほんとうは泣き叫びたい気分だが、ぐっと胸の奥底に沈めて言う。

「そろそろ冬の寒さになりますから、父のために、血の流れを良くする薬を作りとうございます。処方に間違いがないか、お目通しを願います」

昨夜書いた処方箋を差し出す伊織をじっと見ていた寛斎は、目を通し、より良い生薬があると告げて、指導をした。

黙然と薬学に励む伊織は、処方のとおりの生薬を集めて薬を作り、あとは寛斎を手伝って、他の患者のための薬をこしらえた。

処方箋から、薬の効能を理解した伊織は、寛斎にしては珍しいと思い問う。

「これは切り傷に塗る薬ですね。どなたか、大怪我をされたのですか」

「近所の婆さんが鯛をさばいておる時に指を深く切ったのだ。役目で京に行く倅の門出を祝おうとしたらしいが、慣れぬことをするものではないと笑っておった」

渋い表情を変えずに答えた寛斎は、ふと思い立ったような顔をした。

「智将からは、なんの便りもないのか」

兄のことを気にするのは珍しいと思った伊織は、手を止めて答えた。

「一向に音沙汰なしです」

「そうか」

伊織は顔色をうかがった。

「何か、気になられますか」

「そろそろ、旅から戻る頃ではないかと思うたまでじゃ」

歯切れの悪い言い方に聞こえた伊織は気になったが、寛斎はそれを許さぬがごとく、伊織に薬作りを急がせた。

結局訊きそびれた伊織は、夕方になる頃には兄のことを忘れて、家路についた。


見送った寛斎は、伊織に作らせた膏薬《こうやく》が入った丸い陶器を取り、紙袋に入れた。表情は暗く、伊織と琴乃を想う気持ちが出ている。

日が暮れて暗くなった頃に、表でおとなう声がした。

「誰もおらぬぞ」

寛斎が声をかけると、若者が廊下に現れて頭を下げた。服部瑠衣だ。

「智将の傷は、芳しくないか」

問う寛斎に、瑠衣は正座して答える。

「傷口がようやく乾いてまいりました。先生に薬をお願いして、ほんとうにようございました」

一度は智将を連れて出ていった瑠衣だが、隠れ家で養生をしても、公儀の目を恐れて医者を頼ることもできず、そのうち傷が膿んでしまい、たまらず寛斎を頼ったのだ。

「そろそろ来る頃だろうと思うて、用意しておいたぞ」

「ありがたい」

一両小判を置いて薬を引き取った瑠衣に、寛斎が険しい目を向ける。

「金はいらぬと言うておろう」

「若の気持ちでございます」

「では、金はおぬしが貰っておけ。そのかわり、わしの問いに答えよ」

瑠衣の目つきが一変し、鋭くなった。

「答えられることとなれば」

「異国の者と松平帯刀殿を襲うたのは、そのほうらか」

瑠衣の目が泳いだ。それは一瞬だったが、寛斎は確信した。

「何ゆえ、無謀な真似をしたのじゃ」

「答えられませぬ」

「今はどこに身を隠しておる」

「言えませぬ」

「毛利であろう」

伊織と琴乃を想うあまり、厳しい口調になる寛斎に、瑠衣は平伏した。

「お答えできませぬ。ご勘弁ください」

「言わずとも分かる。智将は今も、日ノ本から異人を追い出して徳川の世を変えると息巻いておるのか」

「愚鈍なわたしは、若に付いて行くのみです」

頭を下げたまま答える瑠衣に、寛斎は怒気を浮かべた。

「その薬は、伊織がこしらえた物じゃ。傷によう効くゆえ、治りも早うなろう。幕府に抗う気持ちを改める気がなく、父と弟を想う気持ちさえもないなら、初音家と縁を切れと伝えよ」

顔を上げた瑠衣は、探るような目をして問う。

「何ゆえでございます」

寛斎は眉間の皺を深くした。

「十太夫殿の身体が不自由になったわけを知っておろう」

「ですから、我らがこの国を変えて報いるのです」

智将のせいで伊織は、という言葉が喉元まで出かかった寛斎は、言ったところで、もはやどうにもならぬと思って飲み込み、かわりに嘆息した。

「もはや、何を言うても無駄なようじゃ。伊織が作ったその薬で、傷はようなる。もう二度と、ここへは来るな」

立ち上がった瑠衣は神妙な面持ちで頭を下げ、暗い廊下を去っていった。

背後を警戒しながら道を急ぎ、とある町の隠れ家に戻った瑠衣は、同志が詰める部屋の前を素通りして、奥の臥所《ふしど》に入った。

　智将は、あと少しで動けるようになる。

　赤黒く腫れている傷に薬を塗りながら、瑠衣は寛斎との話を隠さず伝えた。

　すると智将は、意に介する様子もなく笑った。

「あの爺様は医者としての腕は確かだが、口うるさいのがいかん。放っておけ、父上と伊織は、何があってもわたしの味方をしてくれる」

「分かっておりますが、此度は特に厳しく言われましたもので」

「それも、わたしを案じての小言であろう。この傷で助けを求めたのだから無理もない。それより、この薬を伊織が作ったというのはほんとうか」

「確かにそうおっしゃいました」

　身を起こした智将は器を取り、しげしげと見つめた。

「母の望みどおり、剣を捨てる気なのだろうか」

　瑠衣が言う。

「密かに道場を探りましたところ、伊織様はまったく出られていないようです」

「父上がわたしの帰りを待たれているのかと思うと気の毒だが、この世を変えるまでは敷居を跨がぬと決めたのだ」

瑠衣がうなずいて告げる。

「一京さんがいれば、道場は大丈夫です。門人も、この数日でまた増えておりました」

「それは何より」

智将は安心した顔で横になり、少し眠ると言って目を閉じた。

九

寒さが増したとある日の朝、立ち上がろうとした琴乃は、ふっと気が遠くなり、そのまま倒れてしまった。

「お嬢様！」

粥を持ってきた美津は、座敷で俯《うつぶ》せに倒れている琴乃を発見すると、膳を落として駆け寄り、抱き起こした。

「お嬢様、お嬢様！」

大声をかけても、琴乃は目を開けぬ。

「誰か！」

叫び声に飛んできたのは、母親の鶴と弟の康之介だ。

ぐったりしている琴乃を見て慌てた鶴が、そばに寄って額に手を当てた。

「熱があります。康之介、急ぎ医者を呼ぶよう言いなさい」

「はい」

立ち去る康之介を横目に、鶴と美津は琴乃を布団に寝かせた。

眉根を寄せてうなされている琴乃は、意識が朦朧とする中で誰かを追いかける夢を見たのか、右手を天井に向けて上げた。

「伊織様……」

うわごとを聞いた鶴が、濡らした手拭いを額に当てながら美津と目を合わせた。

「この子ったら、断られてもまだ想い続けているようですね」

美津はほろりと涙を流した。

「十太夫殿がいけないのです。殿が申し込まれたといいますのに、意固地になられて自分のことばかり。親は子の幸せを願うものではないのですか」

不服を口に出す美津に、鶴は眉尻を下げた。

「そなたまでがすんだことを恨みに思うてどうするのです。琴乃もそう、気持ちは分からぬではないが、おなごの幸せは、好いた殿方と添い遂げるだけではないのです。わたくしとて初めは……」

言いかけて口を閉ざした鶴は、瞼を開けた琴乃の頰に手を当てた。

「気がつきましたか」

琴乃は母の顔を見て問う。

「母上なら、わたしの気持ちを分かってくださるはずです」

鶴は困った顔をした。

「この子ったら、いつから聞いていたのです」

琴乃は返事をせず、また辛そうに目を閉じた。

鶴はゆっくりと語りかけた。

「前にも言いましたが、好いた相手ではなくとも、嫁いで暮らしを共にしていれば、情が移るものです」

琴乃は薄《うっす》らと目を開けて微笑み、目尻から涙をこぼした。

理解したのだと満足そうに微笑んだ鶴が、手をにぎって告げる。

「そなたもきっと幸せになれますから、もう悲しむのはおやめなさい。少しでも食べないと、重い病にかかってしまいますよ」

琴乃は首を横に振る。

「何も食べたくありませぬ」

それでも鶴に促された美津は、こぼれてしまった粥を作りなおしに行った。

程なく医者が来た。鶴が時折世話になっている女医だった。

脈を診た三十代の医者が、整った色白の顔を険しくして、薄紅をさした唇を開く。

「この二日間、何も口にしていないのではありませぬか」

厳しい目を向けられて、仰向けで寝ている琴乃は、女医とは反対側に顔を向けた。

女医は続けて問う。

「琴乃殿、ひょっとして、死にたいと思っているのですか」

鶴が動揺して詰め寄る。

「琴乃、どうなのです。答えなさい」

「食欲がないだけです」

弱々しい琴乃の声を受け、女医が返す。

「無理をして食べなくてもよいですから、わたしが出す薬湯だけでもお飲みください。そのうちに、食欲も出るでしょう」

心配そうな顔をする鶴に、女医は表情を穏やかにしてうなずいて見せた。

「しばらく様子を見てください。薬がなくなる五日が過ぎても食事が喉を通らぬようでしたら、お知らせください」

薬だけは欠かさずに、と言い置いて、女医は帰った。

琴乃はその後も、食べ物を口にしようとはしなかった。


縁談が決まって意気揚々としていた勝正であるが、琴乃の病を聞いて頭に浮かんだのは、

「仮病ではあるまいな」

心配するより、伊織への想いが断ち切れていないと感じて、嫉妬した。

折悪しく、帯刀は、毛利家の見張りに加えて、江戸市中に流れ込んでいる攘夷派

の浪人の取り締まりに駆り出され、家を留守にすることが増えている。

そのことを知っている勝正は、

「この目で確かめてやろう」

などと家来に言い、屋敷を出た。

同じ番町にある松平家に行くと、気づいた門番が駆け寄って頭を下げた。

「勝正様、殿はご不在です」

「知っておる。我が許嫁《いいなずけ》の病を耳にしたゆえ、見舞いにまいったのだ。入るぞ」

「お待ちください。御用人に伝えてまいります」

勝正は不機嫌になり、門番を小突いた。

「これまでは入れてくれたではないか。堅苦しいことを申すな」

「困ります。お嬢様が病ですから、勝手に入れてはならぬと命じられているのです」

「構うな、どけ」

勝正は、必死に押さえようとする門番をふたたび小突いて押し通り、脇門から入った。

裏庭から琴乃の部屋に行くと、廊下に出てきた美津が気づいて目を見開き、折敷《おしき》を置いて三つ指をついた。

「勝正様、それ以上お近づきになられてはなりませぬ」

「許嫁の見舞いをして何が悪い。そこをどけ」

もはや琴乃は己の物という態度を取る勝正を、美津は押さえることができなかった。

草履を脱いで上がった勝正は、

「琴乃、見舞いにまいったぞ」

声をかけて障子を開けた。

布団に寝ている琴乃のやつれた顔を見た勝正は、衝撃のあまり息を呑んだ。同時に、心の中に黒い染みが広がる気がして、うつむいた。

「そこまで伊織を想うのか」

勝手に出た言葉にはっとして琴乃を見ると、聞こえていないようだった。だが振り向くと、美津には聞こえたらしく、大きく見開いた目を向けていた。

すぐさま顔を逸らす美津の態度が、勝正には、そうだと言っているように見え、心の黒い染みがさらに広がる。

目も開けぬ琴乃を睨んだ勝正は、

「来年の春に結ばれる定めは変わらぬのだ。いいかげん、伊織のことはあきらめろ」

冷めた口調で気持ちをぶつけた勝正は、悲痛な顔をしている美津を見ると余計に腹が立ち、そのほうからよう言うて聞かせよ、と命じて帰った。

美津は琴乃を心配して部屋に入った。

目も開けず、返事をする気力もない様子でいるのかと思いきや、琴乃は目尻から涙を流していた。

「お嬢様」

声を詰まらせ、涙を堪えた美津がそっと琴乃の目尻を拭おうとすると、琴乃は顔を背け、背中を向けた。

その様子を、松哲が廊下で見ていた。

琴乃を心配する益子を連れて番町の本宅へ戻っていた松哲は、

「勝正め」

怒気を込めた声を吐いて庭を睨み、琴乃に優しく声をかける。

「琴乃、待っておれ。今寛斎を呼ぶからの」

表御殿に行った松哲は、若党を捕まえて、急ぎ寛斎を連れてまいれと命じた。


寛斎が来たのは、西日が赤くなりはじめた頃だ。

松哲と益子をはじめ、母と弟が心配そうに見守る中、琴乃の脈を診た寛斎は、渋い顔を祖父母に向けて告げる。

「食事をとっておられますか」

益子が答える。

「食が喉を通らぬようで、滋養がある薬湯のみです」

「どうりで、痩せ細っておる」

目を開けぬ琴乃を見た寛斎は、険しい表情で松哲に告げる。

「心ノ臓が弱っておりますぞ。このままでは命に関わるゆえ、血になる食事を欠かしてはなりませぬ」

「このまま……、死にたい」

弱々しい声を発して目を開けた琴乃は寛斎に向き、悲しそうに歪めた顔を布団で隠した。

焦った松哲が寛斎に詰め寄る。

「なんとかならぬのか。このままでは、琴乃が死んでしまうぞ」

寛斎は、智将のせいで十太夫が伊織の縁談を認めなかったと悟っているだけに、どうにもならぬ状況に何も言えぬ。

そしてそれは、共に智将の怪我を手当てした琴乃も、薄々気づいている。なぜなら、異国の者を襲撃し、助けに入った帯刀をも襲った曲者というのが倒幕をたくらむ一味で、数人に怪我を負わせたものの逃げたままなのだと、勝正から聞かされていたからだ。

ある日を境に、ぱったりと食事をとらなくなったと美津から聞いている寛斎は、目の前を見つめた。声を殺して泣いているらしく、布団が小刻みに揺れている。琴乃が絶望の淵にいるのではないかと案じた寛斎は、手を差し伸べて告げる。

「琴乃、家族を悲しませてはならぬ。気をしっかり持って、生きておれば、必ず良いことがある」

　琴乃は返事をしないが、布団の揺れは止まっていた。

十

「お嬢様、今朝は良いお天気です」

　廊下に膳を置いて声をかけた美津は、障子を開けた。こちらに背を向けて寝ている琴乃に言葉を続ける。

「寛斎先生のお言いつけどおりに、今朝は少しだけでも、粥をお召し上がりいただきます」

　いつもなら、いらないと返事をする琴乃だが、布団がぴくりとも動かない。

「お嬢様？」

　まさか具合が悪化したのではないかと不安になった美津は、急いでそばに行った。すると、掛布団はあたかもそこに琴乃がいるかのように膨らんでいるだけで、中身は空だった。衣桁《いこう》に掛けてあった打掛がないことに今になって気づいた美津は、驚きのあまり声を引きつらせ、廊下に出た。

「誰か！」

大声を聞いて奥御殿女中たちが来た。

「いかがなされました」

「お嬢様を見ませんでしたか」

三人の女中は皆首を横に振る。

美津は厠《かわや》に行って声をかけたが返事はなく、鶴の部屋に急いだ。だがそこにもおらず、美津は琴乃がいないことを告げた。

驚いた鶴は、

「すぐ捜しなさい」

こう命じ、共にいた康之介は弾かれたように立ち上がって外へ出ようとしたが、鶴が止めた。

「そなたは父上から、外出を固く禁じられておりましょう。わたくしと待っていなさい」

攘夷派と倒幕派の浪人が増えたことで、警戒を強めている帯刀から外出を禁じられている康之介は、がっくりと首を垂れ、鶴のそばへ座った。

帯刀は役目のため昨夜から帰っておらず、琴乃はその隙を衝いて出ていったに違いなかった。

松哲と益子の知るところとなり、心配する益子をいたわった松哲は、落ち着いた声音で美津に問う。

「そなたならば、行き先は見当がつこう。どうじゃ」

美津は涙を流した。

「おそらく、赤城明神ではないかと」

そこへ、臼井が来た。

「門番に問いましたところ、夜中は誰も外へ出ておりませぬ」

松哲が厳しく問う。

「間違いないのか。居眠りしていたことを隠しているのではあるまいな」

「そう思い重ねて確かめましたが、お嬢様は出られておりませぬ」

「ならば屋敷内のどこかにおるはずじゃ。捜せ」

「はは」

下がる臼井に続いて、美津も琴乃を捜しに出た。

皆で声をかけながら捜したが、琴乃からの返事はなく、姿もない。

それでもあきらめず、総出で屋敷中を捜している頃、琴乃は、長屋がある北の外塀の中にいた。二階にある空き部屋の格子窓から、外を見ていたのだ。

頰がこけた横顔に寂しさをにじませ、潤んだ目はじっと、伊織が暮らす牛込の台地を見つめている。

己を捜す声に気づいた琴乃は、頰を伝う涙を拭いもせず、打掛の袖から赤い組紐を取り出すと、格子窓のそばに置いてある踏み台に上がり、槍を掛けておく鉄の金具に引っ掛けた。

幼い頃、かくれんぼをして遊んでいた時から空き部屋になっているこの場所から牛込台地が見えることを思い出した琴乃は、美津が来る前に寝所を抜け出していたのだ。

恋焦がれる伊織と添えぬなら、彼がいる町が見える場所で逝きたいと願っての行動に迷いはない。

魂となってそばに行くため、琴乃は組紐を両手でつかみ、顎を通した。

虚ろな眼差しで、伊織が暮らす牛込台地を見つめた琴乃は、踏み台から足を外した。紐が首に食い込み、意識が遠のきかけた時、これでそばに行けると思った琴乃は、微笑みさえ浮かべた。

だが、強い力で足を持ち上げられ、紐を切られた。

魂が呼び戻された琴乃は酷く咳き込み、苦しみに呻《うめ》いた。

「馬鹿者！」

怒鳴り声と共に、強い力で抱きしめられた。止めたのが祖父だと分かった琴乃は、深い悲しみが込み上げたが、涙は出なかった。

息が苦しくなるほど抱きしめられた琴乃は、祖父を酷く悲しませてしまったことを悔いたが、命を絶ちたいという思いが変わることはなかった。

「武家の娘として、死を恐れてはならぬと教わってきた身です。どうか、逝かせてください」

「ならぬ！　ならぬぞ琴乃！　たかが縁談のことで、命を絶つことは許さぬ！」

武家の娘として育った琴乃にとって、縁談がすべてだ。それをたかがという松哲は、おなごは家と家を結ぶ道具だと思っているのだろう。

絶望して涙を流した琴乃に、松哲が言う。

「勝正との縁談は、わしがぶち壊してくれる。だから死ぬなどと申すな」

誤解だったと思った琴乃は、祖父の顔を見てはっとした。案じるあまり、頬を濡らしていたからだ。

「お爺様、お許しください」

しがみ付いて嗚咽する琴乃に、松哲は安堵の息を吐いた。

「よしよし、悲しい時は、そうやって大声をあげて泣くのが一番じゃ。ここは誰もおらぬゆえ、気がすむまで泣け。勝正とのことは、考えなおすようわしが帯刀を説得する。帯刀は頑固者ゆえ渋るじゃろうが、来年の春までには必ず破談にするゆえ、安心しておれ」

琴乃ははいと答え、祖父から離れると、改めて三つ指をついて頭を下げた。

「そなたは弱っておるのじゃから、頭を上げなさい」

手を取って促した松哲は、組紐を外すと袖に入れて隠し、琴乃を立たせた。

「首が赤くなっておるが、痛むか」

「いえ」

「美津が見れば騒ぐじゃろうが、庭木の枝に気づかず当たったとでも言うて誤魔化せ。このことは、二人だけの秘密じゃ。よいな」

うなずく琴乃に微笑んだ松哲は、部屋に戻るぞと言い、段梯子に向かった。

足腰が弱っている祖父に手を貸して下りた琴乃は、改めて見上げ、急な段梯子を上ってきた松哲の慌てようを想い、胸を痛めた。

「お爺様、どうしてここにいると分かったのですか」

「そなたは、ここによう隠れておったからの。屋敷のどこかにおると分かった時から、そうではないかと思うたのじゃ。丁度、牛込も見えるゆえ」

「伊織様とのことを、ご存じでしたか」

「美津を問いただしたのじゃ。そなたがそこまで想う相手ならば、きっと好い男であろう。会うてみたいものじゃ」

優しい笑みを浮かべる松哲に、琴乃は返す言葉がなくてうつむいた。

部屋に戻るため庭を歩いていると、美津が見つけて駆け寄ってきた。

「お嬢様、捜しました」

安堵した顔で手を添える美津は、すぐ首の痣に気づいてはっとした。

「このお傷は……」

「慌てるな。気晴らしに庭の散策をしておる時に、木の枝に気づくのが遅れてしもうたのだ」

松哲が琴乃の代わりに言ってくれたが、美津は疑う面持ちで痣を見た。

「それだけで、こんな痕になりましょうか」

心配そうな顔で言う美津に、琴乃が口を開く。

「お婆様と母上が心配しますから、うまく隠せないかしら」

元気のない声に、美津はうなずく。

「おまかせください。さ、お身体が冷え切ってらっしゃいますから、お部屋に入りましょう」

二人に連れられて部屋に戻った琴乃は、祖母と母が来る前に首の痣に膏薬を塗り、晒を巻いて隠した。

「庭木の枝で、怪我をしたそうですね」

美津から知らせを受けた鶴が、益子と共に来るなり首の傷を心配した。

「酷いのですか」

「ほんのかすり傷です」

琴乃はそう言うと、身を起こした。

手を差し伸べる母の目を見て、琴乃は笑みを浮かべた。

「気分が良かったものですから、庭を散策していました。心配をかけてごめんなさい。お婆様も」

益子は微笑んで首を横に振り、手をにぎって言う。

「外に出たのではないかと思い肝を冷やしました。庭の茂みの中にいたそうですね。あんなところで、何を見ていたのです」

「よいではないか、琴乃がこうして戻り、顔色もずいぶん良くなったのだ」

松哲が益子の疑念をそらしてくれたおかげで、琴乃は何も疑われずにすんだ。

今は松哲の言葉にすがって、いつかまた、伊織と会える日が来ると信じて生きようと決めた琴乃は、美津がすすめるまま粥を口にして、家族を安心させた。

寛斎が様子を見に来てくれたのは、翌日だ。

首に巻いた晒を見るなり、寛斎は何も言わずとも悟ったようだ。二人になったところで、厳しく告げる。

「良からぬことを考えたのか」

琴乃は神妙に答える。

「お爺様に、救っていただきました。勝正殿との縁談を、破談にすると約束してくださいました」

「帯刀殿も承知されたのか」

「父には、まだ話せていないようです」

「さようか。じゃが……」

言いかけて口を閉ざす寛斎に、琴乃は胸につかえていたことを訊いた。

「伊織様の、兄上のことですか」

寛斎は首を横に振った。

「そのことは、もう忘れよ。今は、丈夫な身体に戻すことのみ考えなさい」

粉薬を差し出された琴乃は、口に流した。

甘味が強く、水を飲むまでもなくほとんどが口の中で溶けたことに、琴乃は首を傾げた。

「これは、薬ですか」

寛斎は、珍しくいたずらな笑みを浮かべた。

「秘伝の薬じゃ。食が細い患者にのみ出しておる」

琴乃は黒糖ではないかと思ったが、それとは違う味の物も含まれていたためはて、と考えてしまった。

「これは、土産じゃ」

寛斎はそう言うと、みかんを置いて帰っていった。

艶やかで、皮が張ってまん丸なみかんを手に取った琴乃は、美味しそうだと思い微笑んだ。

十一

寛斎から琴乃の様子を聞いた伊織は、耳を疑った。

「ほんとうに、命を絶とうとしたのですか」

寛斎は渋い顔でうなずく。

「松哲殿は、庭木の枝で怪我をしたと言うておったが、わしの目は誤魔化せぬ。首に巻いた晒の端から見えた痣は、首を吊った証と見えた」

首を吊った者を見ることは、常人ならば皆無だ。医者としてなのか、それとも旗本時代の経験が寛斎に断言させているのかは分からぬが、伊織は疑わず立ち上がった。

寛斎が睨む。

「どこへゆく」

「番町の屋敷へ行き、琴乃殿に一目会いとうございます」

行こうとした伊織の前に、寛斎は杖を差し出した。

足を取られて倒れた伊織の背中を杖で押さえつけた寛斎が、厳しく告げる。

「会えるはずもなかろう。今は生きる希望を失っており、家の者が目を離さぬようにしておる」

「でも心配です」

「行ったところで会えるわけもなく、琴乃が知れば悲しむだけじゃ」

言われなくとも分かっていると叫びたい気持ちを、伊織はぐっと堪え、身体から力を抜いた。

杖を離し、伊織が正座するのを待って、寛斎が口を開く。

「若いゆえ、時が薬となろう。帯刀殿と十太夫殿は、お前たちのおかげでうまく仲直りできると思うていたが、こうなっては、あきらめるしかない。わしは、お前のことも心配じゃ。飯は食うておるのか」

「はい」

伊織はそう返答したものの、食欲がないのを見抜かれている。

寛斎は、じっと目を見て告げる。

「お前もまだ若い。琴乃のことはきっぱり忘れて、前を向いて生きよ」

縁談が決まっているだけに、どうにもできぬのは頭では理解している。だが、胸が締め付けられるほど辛い伊織は、返答をせず頭を下げた。

「今日はこれで、帰らせていただきます」

「間違うても、番町へ行ってはならぬぞ」

琴乃のためでもあると言われては、足を向けられぬ。

伊織は、真っ直ぐ家に帰った。

まだ道場にいた小冬は、元気なく帰ってきた伊織を物陰から見ていた。前よりも一段と、伊織を意識するようになっている小冬は、夜も眠れぬ日がある。

伊織はこちらに気づくことなく、家に入った。

心惹かれて物陰から出た小冬は、勝手に裏庭に入り、廊下を歩く伊織を見ていたが、障子が閉められるとつまらなそうに下を向き、きびすを返して道場に戻った。

そんな姉の様子をじっと見ていた大之進《だいのしん》は、家に帰る時も小冬の横顔を見て、

「姉上、何か心配事ですか」

などと声をかけて気持ちを探るのだ。

「なんでもないわよ」

つっけんどんにされればされるほど、大之進の疑念は確信へと変わるのだった。

そこで、家に帰るなり、大之進は小冬の目を盗んで父に告げ口した。

「何、小冬が伊織様に懸想《けそう》しておるじゃと。間違いないか」

「おそらく」

見たままを教えられた久米五郎は、大之進の頭をなでた。

「よし、でかしたぞ。あとはこの父にまかせなさい。大之進に兄を作ってやるぞ」

御前試合に出る資格を得た伊織に憧れを抱いていた大之進は、目を輝かせてうなずく。

久米五郎はさっそく動いた。女房の菊《きく》を呼び、切り出した。

「初音道場の伊織様を、食事に招こうと思う」

菊は驚いた。

「どういうことです？」

「どうやら小冬は、伊織様に気があるようなのだ」

「あのおてんばが？」

菊は信じられないという表情をした。

「お前様、何かの間違いではありませんか」

「大之進から聞いた話では、間違いないと思う」

菊は疑ったような顔をして言う。

「まだ子供の大之進に、女心が分かりましょうや」

「では、本人に確かめてみよう」

久米五郎は廊下に出ると、奥に向いて声を張った。

「小冬、ちょっとおいで」

返事をした小冬が部屋から出てくるのを手招きした久米五郎は、そこにお座り、と言って菊の前を示した。

両親の前に座った小冬は、何ごとかという面持ちをしている。

久米五郎が問おうとしたが、菊が先に口を開いた。

「小冬は、初音伊織様に想いを寄せているの？」

「えっ」

唐突な問いに、小冬はきょとんとした。

「急になんですか」

本人は冷静に答えたつもりだろうが、首から血の気が上り、顔が真っ赤になった。

菊が目を細める。

「お前様」

正座している足を軽くたたいて促された久米五郎は、咳ばらいをして切り出す。

「伊織様を食事に招こうと思うが、どうじゃ」

小冬は驚き、顔をぱっと明るくして訊く。

「いつですか」

「そう慌てるな。まずは明日、師範代に相談してみる。一人では断られるかもしれないから、師範代と伊織様お二人を誘う体《てい》で、話してみよう」

するとが眉をひそめた。

「お前様、肝心のお師範を呼ばないのですか」

「まずは、小冬と伊織様を近づけないとな」

「小冬の気持ちが分かったのですから、そんな回りくどいことをせずに、これから道場へ行って、縁談を申し込まれてはどうです」

からりと言う菊に、久米五郎と小冬は慌てた。

久米五郎が困り顔で言う。

「それは急ぎすぎというものだろう。物には順序がある。伊織様には好いたお人がいるから、気持ちをこちらに向けないとね」

「ええ！」

驚いた菊が、小冬に問う。

「相手は誰？　すでに縁談があるんじゃないの？」

うつむいてしまった小冬にかわって、久米五郎が言う。

「相手は旗本の姫さんだから、結ばれやしないだろう。それに、近頃寂しそうにしているというじゃないか。そうなんだろう？」

問われた小冬は、こくりとうなずいた。

菊が微笑む。

「この子ったら、借りてきた猫みたいに大人しくなって。よほど好きなのね」

「お母様、からかわないで」

「からかってなんかいませんよ、嬉しいんだから。お前様、そういうことなら、伊織様をお招きしましょう。これから支度にかかります」

「では、明日師範代に相談して、都合がつけば明後日に誘ってみよう。小冬、そのつもりでいなさい」

小冬は不安そうな顔をした。

「応じてくださるかしら」

「心配するな。伊織様は、きっと来てくださるさ」

「でもなんだか、恥ずかしいわ」

頬を両手で挟んで不安がる小冬に、菊がそっと手を差し伸べる。

「だからといって待っていても、前に進めないでしょう。こういう時は、当たって砕けろよ。勇気をあげるから頑張りなさい」

小冬の背中をさすり、とん、とたたいて励ました菊に、小冬は表情を明るくしてうなずいた。

頼もしい一面を見せる菊に、久米五郎は驚いた顔をしていたが、必ず招くと張り切った。

そして翌日、久米五郎は気負っているのを相手に悟られぬよう、普段と変わらぬ身なりで道場を訪ねた。

戸口で門人を迎えていた一京の前に行き、あいさつをすると、軽く一杯やりませんか、という具合に切り出した。

「伊織様と二人で、是非いらしてください」

門人を増やしてくれた恩がある久米五郎の頼みとあって断れぬ一京は、快諾した。

「分かりました。若にはわたしから伝えましょう」

娘の幸せを願う久米五郎は喜び、まずは一歩進めたと、安堵するのだった。

一京は、そんな父親の心中を察したように、

「おまかせください。必ず、若を連れていきます」

こう答えた。


「一京さん、どうしてわたしまで行かねばならぬのです」

腕を離さぬ一京に抗い、伊織は先ほど足を止めようとしたのだが、強く引かれて仕方なく歩いている。

問う伊織に、一京は言う。

「道場に門人を連れてきてくれた久米五郎殿が、若を招きたいと言うているのですから、断れば角が立つでしょう。一刻ほどでよろしいですから、お付き合いくださ い」

十太夫からは、

「わしのかわりじゃ」

と言われ、

佐江からは、

「たまには美味しい物を食べてらっしゃい」

と言われ、追い出されるようにして道場を出た伊織は、急な話だけにどうにも解せぬのだ。

「いったい、何があったのです」

「何もありませんよ」

惚《とぼ》けたような一京の言い方が、どうにも怪しい。

とはいえ、久米五郎が道場の力になってくれたのは事実だ。

一京に従い、肩を並べて歩んだ伊織は、山城屋の暖簾を潜った。

店の中は灯明用の油の臭いに満ちており油壺に菜種油の貼り紙がされた物ばかりが並べられ、大勢の客が求めていた。

座敷に通された一京と伊織は、久米五郎の家族に歓待され、まるで大名御膳のように豪勢な料理の数々に舌鼓を打った。

菊の生まれ故郷である伏見から取り寄せたという下り酒が絶品らしく、一京は喜んで酌を受け、気分を良くしていた。

その横で、伊織は静かに食事をしている。鮑《あわび》の煮物が特に良い味で、父や佐江にも食べさせてやりたいと思っていると、菊が前に来て銚子を向けた。

「少しは、おやりになると聞きました」

穏やかな口調で微笑む菊に応じて、伊織は箸置きに箸を揃えて盃を取った。

酒に酔った伊織を連れ戻した一京が話したのだろうが、何をどのように伝えたのか不安に思いつつ酌を受け、一口飲んだ。

「さ、もう一杯」

伊織が顔を見ると、菊は目尻を下げて微笑んでいる。

すすめられるまま酌を受けた伊織は、前に飲んだ苦い酒とは違って甘く感じ、早くもほろ酔いになって気分も良くなった。

その様子を見計らった久米五郎が、ごく自然に切り出す。

「小冬、琴を弾いてさしあげなさい」

「はい」

小冬は立って襖を開けた。隣の座敷には緋《ひ》毛氈《もうせん》が敷かれ、琴が置いてあった。

季節を先取りした梅が描かれた襖を背後に座る小冬は、白地の小袖がよく似合っている。

弦にそっと指を添えた小冬は、ゆっくりと弾きはじめた。

美しい音色が響き、皆が注目する中、伊織は盃を置いて目を閉じた。耳に心地よい音を聞いているうちに、脳裏に鳥が飛ぶ山野の景色が浮かんだ。穏やかな田舎の風景ではなく、琴乃と手を取って逃げた時の光景だ。あの時山で聞こえた鳥のさえずりが、なぜか、似つかぬ琴の音色と重なったようだ。

曲が終わったところで、伊織はゆっくりと瞼を開けた。いつの間にか一京たちがいなくなっており、小冬と二人きりになっていた。

弾き終えた小冬は、伊織のそばに来て座り、目を合わせてきた。

「大先生から聞きました。縁談を断ったそうですね」

「父上も、いらぬことを……」

ぼそりとこぼす伊織に、小冬は口を開く。

「お相手の旗本の姫様のことを、今も忘れられないのですか」

伊織は、小冬の潤んだ瞳を見ることができず下を向いた。

微笑んで黙っている伊織に、小冬は膝を進めてさらに近づく。

「先様は、これ見よがしに幼馴染の旗本と縁談を決め、来年の春には夫婦になると聞きました。それでもまだ、忘れられないのですか」

こころの中に土足で入られたような気がした伊織は、小冬の意図が分からず戸惑った。

思うことは、ただひとつだ。

「琴乃殿が幸せならば、それでいい」

「不幸だったら、どうするの」

伊織は答えない。

「さあ……」

はぐらかし、庭に顔を向けた。外の陽光が、やけに眩しかった。

じっと横顔を見ていた小冬は、恐れたように言う。

「心中する気なの」

思いもしていなかった伊織は、驚いて小冬を見た。

大真面目な顔をしている小冬のことが滑稽に見え、微笑んだ。

てきた。

「芝居の見すぎではないか」

そう言った刹那、小冬が抱き付いてきた。

「死んではだめ」

力を込めて言う小冬の手をつかんだ伊織は離そうとしたのだが、逆にしがみ付いてきた。

伊織の脳裏に浮かんだのは、琴乃が首を吊ろうとしたことだ。

寛斎が睨んだとおり、琴乃がもし、自ら命を絶っていたら、自分は生きていただろうか。

あとを追うかもしれぬと、伊織は密かに思った。

ほのかな香りに鼻をくすぐられた伊織は、虚ろな目に光を戻して、小冬の背中をそっとたたいて告げる。

「会うこともできないのだから、そのようなことはしないさ。考えてもいないから、安心してくれ」

腕の力を抜いた小冬は、ゆっくりと離れた。うつむいている顔の輪郭が、近くで見ると整っている。

横を向いた小冬は、恥ずかしそうに目をつむった。

「わたしったらつい……、伊織様が言われるとおり、芝居の見すぎだわ。ごめんなさい」

「いや。心配してくれて、ありがとう」

「もし……」

先を言わぬ小冬に、伊織は問う。

「どうされた」

小冬は正面に向き合い、伊織の目を見ずに口を開く。

「お慕いしていますと言ったら、わたしに振り向いてくださいますか」

本気なのか、戯《ざ》れ言《ごと》なのか分からない伊織は、返答に窮した。

恥ずかしそうに顔を両手で覆う小冬に、伊織は答えるべきだと思い、告げる。

「ありがとう。でもわたしは……」

「いいんです。わたしが勝手にお慕いしているだけですから」

小冬は答えを聞かずに、伊織の前から立ち去った。

一人残された伊織は、悲しそうな小冬の顔を見て、琴乃と同じように傷つけてしまったと思い、胸を痛めた。

だが、琴乃を想う気持ちを変えることなど、今の伊織にはできそうもなかった。


久米五郎のもてなしは、どうにも妙な雰囲気で終わった。

その帰り道、一京は小冬とどうだったか訊こうともせず、深刻な顔をして黙り込んでいる。

「座を外していたのが長かったですが、何かあったのですか」

伊織がそう問うと、

「何もありませぬよ」

真顔でそう答えた一京は、思い出したように微笑んだ。

「そういえば、小冬殿とは何を話していたのです」

「芝居の話です」

「芝居？」

怪訝《けげん》そうな顔をする一京に、伊織はうなずいた。

「近頃、添えぬ男女の心中物語が流行《はや》っているようです」

「えっ」

笑って先に立つ伊織の背中を見た一京は、

「笑えぬ」

そうこぼし、足を速めた。

道場に帰り、自分の部屋に入った伊織だったが、久米五郎と座敷に戻った時の一京の様子が気になり、廊下を戻った。

十太夫の部屋にそっと近づくと、話し声が聞こえたので足を止め、立ち聞きをした。

「伊織はどうであった」

十太夫に問われた一京は、小冬の話をするのかと思いきや、

「それよりも、大事な話がございます」

一京はこう返し、話しはじめた。

「別の部屋で久米五郎殿と話をしていた時、京の本店から急使が来たのです。その者が申しますには、長州藩の者が公家に働きかけ、朝廷を動かそうとしているよう

です」

「それと久米五郎が、なんの関わりがあるのだ」

「それが大ありなのです。久米五郎は長州藩と繋《つな》がりがあり、公家に取り入るための資金の提供を求められております」

「なんと……、久米五郎は、わしが長州の者と深い繋がりがあると知って、そなたを同座させたのか」

「どうやらそのようです。あの者、油断なりませぬ」

「智将も……」

言いかけた十太夫が口を閉ざし、鋭い目を廊下に向けた。

振り向いた一京が廊下に出てきたが、そこに伊織はいない。

伊織は立ち聞きがばれぬよう立ち去っていたのだ。

「大丈夫、誰もおりませぬ」

そう言って一京は戻った。

自分の部屋に戻った伊織は、廊下を振り向き、険しい顔をした。

「久米五郎は、何者なのか」

小冬が近づいてきた意図が分からなくなり、伊織は不安に感じずにはいられなかった。

第二章　敵意

一

年が明け、道場の鏡開きの行事では、門人たちが集まってぜんざいを食べるなどして、にぎやかな初稽古になった。

その翌日、一京と久しぶりに長楽庵《ちょうらくあん》に来た伊織は、蕎麦を食べつつ酒を飲む一京に酌をしながら、前日のことなど、他愛もない会話を楽しんでいた。

一京は盃を空にすると、旨いと言って伊織に微笑む。

伊織はふと気になったことを口にした。

「寛斎先生に新年のあいさつをしに行った時に聞いたのですが、去年の十二月五日に、ヒュースケンというオランダ人が、攘夷派の者と思われる刺客に襲われて、命を落としたそうですね」

盃を口に運ぼうとしていた一京が、渋い顔をした。

その表情を見て、伊織は気になった。

「知っていたのですか」

「耳が早い門人から聞いていました。一時騒ぎにもなったようですが」

「知りませんでした。どうして言ってくれなかったのです」

一京は笑った。

「若は興味がないでしょう。寛斎先生は、そのことについて他に何かおっしゃっていましたか」

「アメリカの通弁役ですから、戦になるのではないかと心配しておられました。一京さんはどう思います」

「遠い国の役人の話ですから、わたしも聞き流していましたし。御公儀も早々に騒ぎを鎮めましたから、戦にならぬよう、アメリカと話をつけているのではないでしょうか」

攘夷については興味があるはずの一京らしくないと伊織は思ったが、

「そんなことより若、その後、小冬さんとはどうなのです」

唐突に訊かれて、伊織は返答に困った。想いを告げられてからずいぶん日が経つが、今の小冬は、以前とまったく変わらぬ態度で接してくる。

なので、周囲には仲が良いと思われているに違いなく、一京は探りを入れてきたのだ。

去年からずっと気になっていながら訊けずにいたことを、切り出す良い折だと思った伊織は、箸置きに箸を揃えて、一京の顔を見た。

「その前に、教えてください」

「何をです？」

「去年山城屋に行った日のことです。一京さんと父が話しているのを、聞いてしまいました」

察したらしい一京は目を泳がせたが、微笑んで応じる。

「長州藩のくだりですか」

「はい。寛斎先生から聞いているのですが、長州藩と幕府は、仲があまりよろしくないそうですね」

「確かに……」

「京で活発に動いている長州藩に金を出す山城屋は、何か目的があって父に近づいているのではないですか」

　一京は一笑に付した。

「それは考えすぎです。確かに初音道場は、長州藩と縁があります。ですが、それは先生があのような身体にされる前の話であって、今は町人が主な門人です。久米五郎殿が大之進を通わせるきっかけになったのは、若が琴乃殿を助けたあの立ち回りに間違いないのですから」

　言い終えた一京は、ふと思いついたように表情を曇らせた。

「まさか、久米五郎が若を利用しようとしていると案じているのですか」

「そこまでは思っていませんよ。ただ、小冬殿が唐突に……」

　告白したと言いかけて口を閉ざす伊織に、一京は探る目を向ける。

「ははあ、さてはあの日、好いていると言われたのですね」

「いや、気持ちを探られただけです」

「今の小冬殿を見る限り、良い返事をされたのでしょう」

　伊織は驚いた。

「どうしてそう思うのです」

「楽しそうに通ってくるからに決まっているでしょう」

伊織は笑った。

「それは、小冬殿が底抜けに明るい性格だからですよ」

今度は一京が驚いた。

「良い返事をしていなかったのですか」

「答えようとしたのですが、なんとなくそのままになって今に至ります。小冬殿も以前と変わりませんし、なんとも思っていないのではないでしょうか」

一京は手酌でぐっと飲み干し、意を決したような顔を向けてきた。

剣術の稽古で立ち合う時よりも、気持ちが前のめりになっているのが伝わってくる。

「若、もしもですよ」

いやな予感しかしない伊織は、身を引いた。

「待って。つまり、仮にと受け止めていいですね」

聞いていない一京は続ける。

「先生が、小冬殿と若の縁談を望まれたら、いかがなされます」

そこまでは考えていなかった伊織は、面食らった。

「そういう話になっているのですか」

「先生ははっきりおっしゃいませんが、考えておられると思います」

珍しくこの店に誘われた意味が今になって分かった気がした伊織は、一京の目を見た。

「気持ちを問えと、父に命じられたのですね」

一京は返事をしないが、顔にそう書いてあると伊織は思った。

「わたしは今、薬学を学んでいる身です。食べていけませんから、嫁などもらえるはずもない」

一京が口を開く。

「なればこそ、先生は小冬殿との結婚を望まれているのです」

「どうしてですか」

「久米五郎殿が、若と小冬殿が夫婦になった時は、薬屋を持たせると約束したそうです」

「また勝手な……」

琴乃との縁を切られた時のことが胸に残っている伊織は、十太夫の行動が受け入れられなくなっている。

「父に伝えてください。わたしは、まだ所帯を持つ気になれぬと」

一京は下を向いた。

「まだ、あのことが辛いのですね」

「薬師としてまだ半人前だと言っているのです。頼みましたよ」

伊織はそう言うと、先に店を出た。家に帰る気になれず、石畳が敷かれた路地をのぼった先にある町の火の見櫓に行き、勝手に上がった。

「危ないぞ」

声をかけてくる大人がいたが、下りろとは言わず歩いてゆく。

てっぺんに上がった伊織は、江戸の町を見渡した。高台にあるだけに江戸中を一望でき、澄み切った空の下で雪帽子を被った富士山が近くに見える。

眼下に目を向ければ、屋根の黒瓦が日を浴びて輝き、城の堀の水面は、銀を敷き詰めたようで美しい。

その堀の向こうにある番町に目を向けた伊織は、やはり琴乃のことを想うのだった。

二度と会えぬかと思うと、雨の中引き離された時の琴乃の顔が目に浮かび、切なさが込み上げてくる。

寛斎は、ある時から琴乃の様子をぱたりと教えてくれなくなった。

問うても、もはやお前には遠い存在じゃ、忘れよ、と返されるだけだ。

「息災でいるのか」

番町の武家屋敷の屋根を見て、伊織はつい独りごちてしまう。

こんな気持ちのまま、小冬と夫婦になれる気がしない伊織は、何もする気になれず半鐘の下の足場に腰かけ、足をぶらぶらさせて仰向けになった。

じっと青空を見つめて考えるのは、やはり琴乃のことだった。時が薬だと言われているが、いつまで経っても薄れやしない。それどころか、毎日のように会っていた時よりも、琴乃を想う気持ちが強くなっている気がする。

「愚かな奴だ」

口に出して自分を叱り、ため息が出る。

「おい！　上におる者！　煙が見えるか！」

唐突な大声に身を起こした伊織が下を見ると、三人の大人が見上げていた。

伊織の顔を見た男が言う。

「火事はどちらの方角だ」

まったく気づいていなかった伊織は、声に応じて周囲に目を走らせる。すると、城とは反対の方角に、鼠色の太い煙がもくもくと上がっていた。

「向こうです！」

伊織が指差すと、一人の男が梯子を上りながら問う。

「火の手がこっちに来そうか」

「いえ、煙は早稲田の方へ流れています」

途中で自分の目で確かめた男は、伊織を見上げて言う。

「おれたちはひとっ走り火消しを手伝いに行くからよ、風向きがこちらに変わったら、鐘を打ち鳴らしてくれ」

返事をする前に、頼んだぜ、と言って梯子の左右の支柱を持った男は、するすると滑り下りた。

男たちは、町火消の連中だったのだ。

その巧みな技に、伊織は目を見張る。

「凄い」

見上げた男は、興味があるならいつでも歓迎すると言って白い歯を見せ、走り去った。

普段は自分の仕事を持っている連中だが、いざ火事が起きると火事場に駆け付ける。そうやって町を守る男たちの姿に伊織は感心し、少しでも役に立ちたくなり、立ち上がって煙の動きに目を凝らした。

幸い風は弱まり、こちらに向くこともなく火の手は収まり、やがて、煙も見えなくなった。それでも下りずに見ていると、先ほどの男たちが戻ってきた。

「まだいたのか。もういいぞ」

伊織が応じて梯子を下りると、男たちは煤で汚れた顔に明るい笑みを浮かべて、ご苦労さんと言った。

「どこの家が焼けたのですか」

訊く伊織に、梯子を滑り下りる技を見せた男が答える。

「旗本の別宅だ。敷地が広いから延焼せずにすんだが、留守の屋敷だからよ、付け火の疑いがある」

「そうそう、おれが思うに、よほどの恨みを買っているな」

仲間の推測に、伊織は不安が募った。

「その御屋敷の持ち主はどなたですか」

「ところの者が言うには、番町の旗本だ。確か名は……」

考える顔をする男に代わって仲間が言う。

「磯部兵部様だ」

方角からして、琴乃の祖父母の隠居屋敷ではないかと不安になっていた伊織は安堵したものの、狙われたのが磯部兵部と知って驚いた。

男たちが言う。

「井伊の御大老が討たれたせいで、近頃の江戸は物騒でいかん。お前さん、名は」

「初音伊織です」

すると三人は、目を見張った。

「昌福寺《しょうふくじ》で勝ち残ったお人と同じ名だが、まさか……」

指差された伊織は、

「わたしではありません」

剣を捨てた気持ちが勝り、つい、そう言った。

男たちはがっかりしたようだが、あからさまに口には出さず微笑み、ご苦労だったと労《ねぎら》いの言葉をかけて伊織を解放した。

思いがけぬ形で磯部の今を知った伊織は、帰って父に話そうかと思ったのだが、今頃は、一京から蕎麦屋での話を聞いているだろうと考えるとその気になれず、家に着いた時には、黙っていようと決めて、そっと裏から入り、自分の部屋で薬学の書物に目を通した。没頭するうちに磯部のことなど忘れた伊織は、結局のところ、火事のことを誰にも話さなかった。

二

江戸中の桜が咲きほこっている二月十九日に、元号が文久《ぶんきゅう》と改められた。

世の中が新しい時代に向けて歩みはじめたこの日、榊原勝正もまた、希望に満ちていた。琴乃との祝言の日が近いからだ。

晴れやかな気分の勝正は、側近の水谷《みずや》正信《まさのぶ》を連れて神楽坂をのぼり、ある目的を持って御箪笥町に向かった。

初音道場に近い道端で商いをしている茶店の長床几に腰かけ、目の前を行き交う若者に目を光らせている。

その横で茶を飲んでいる水谷は、勝正の意図を知るだけに、なんともいえぬ面持ちをして黙っている。

「来たぞ」

勝正はそう言うと、水谷を置いて通りへ歩み出た。

前から歩いてきたのは、紺の風呂敷包みを左手に提げた初音伊織だ。

うつむき気味の伊織の前を塞いで立った勝正は、

「よう」

あたかも偶然を装って声をかけた。

「そのように地べたばかり見ておると、人とぶつかるぞ」

ちらりと目を上げた伊織は、横にそれて行こうとする。

ふたたび前を塞いだ勝正は、下から見上げ、驚いたように言う。

「寂しそうな顔をしておるな。いいかげんに己の卑しい身分を受け入れて、忘れたらどうだ。琴乃は、わたしの妻になるためにこの世に生まれてきたのだ。つまり、わたしとは生まれた時から夫婦になる定めだったというわけだ。分かるな」

心情を決して表に出さぬ伊織だが、勝正は鼻で笑って続ける。

「おぬしが惑わしたせいで、琴乃の幸はいささか小さいこととなる。わたし以外の男に一瞬でも心を動かした罪は重いのだ。生涯をかけて、償いをさせる」

伊織は拳をにぎり締めた。

それを見た勝正は、嬉々とした目をして右の頬を出す。

「腹が立つなら、殴ってもよいぞ。ただし、受けた痛みは琴乃に返すことになるがな。ほらどうした。殴れよ」

伊織は勝正を見据えた。澄んだ目の光は、澤山善次郎を倒した時に見たものと同じ気がした勝正は、恐れをなして表情を強張らせた。

伊織が一歩出た。

勝正は下がり、刀の柄《つか》に手をかける。二人のあいだが広がると、伊織は足早に去った。

背中を目で追った勝正は、ふう、と息を吐き、刀から手を離した。

そばに来た水谷が、心配そうに言う。

「何ゆえ琴乃様をいたぶるなどと、心にもないことをおっしゃったのです」

ふん、と片笑んだ勝正は、水谷に向く。

「決まっておろう、伊織を苦しませるためだ」

「今のが、何ゆえ苦しむのです」

「惚れた女が婚家で酷い目に遭っていると思えば、二度と会えぬだけにいたたまれまい。わたしから琴乃の心を奪った奴だけは許さぬ。琴乃を忘れぬ限り、奴の苦しみは続くのだ」

そう告げて家路につく勝正に、水谷は感心したような顔で付いてゆく。


翌日、勝正は上野山の桜を眺めながら、不忍池《しのばずのいけ》のほとりを黒門の方角へ歩いていた。前から歩いてきた老爺を目に留め、すれ違うと、水谷に告げる。

「松哲の爺様が破談にしようとした時はさすがに気が滅入ったが、帯刀殿が止めてくれて良かった。もう少しで、琴乃はわたしのものになる」

「帯刀様は娘の幸を願われておられるのですから、いかに松哲殿の願いでも、聞き入れられないのは当然でございましょう」

「それでも松哲の爺様は粘ったようだが、ここに来てようやく、口を閉ざした。琴乃も観念しておるようだしな」

先ほど琴乃に会ってきたばかりで満足して語る勝正に、水谷も嬉しそうに口を開く。

「病もすっかり良くなられたようで、白無垢姿は、さぞお美しいでしょうな。殿が羨ましゅうございます」

「そうであろう。琴乃ほどのおなごは、日ノ本中を探してもおらぬ」

意気揚々と足を速めた勝正は、上野にある菩提寺で先祖の供養を兼ねて良縁を報告したのち、浅草の蔵前《くらまえ》に足を延ばして鰻屋に入った。

勝正の行きつけである松井屋《まついや》は、石垣で整備された土手の上に建てられており、二階の座敷から大川を見下ろせる風情と、味の番付では常に大関の座にある鰻を求めて客があとを絶たない。

店に入った勝正は、長床几に腰かけて順番を待っている客を見て、満足げに言う。

「さすがは松井屋だ。昼時を一刻（約二時間）もずらして来たというのに、大勢待っておる」

帳場に座っていた番頭が気づいて、急ぎ出てきた。

「これはこれは、ようこそおいでくださいました。さ、お上がりください」

「並ばなくともよいのか」

「榊原様は特別です」

腰を折って案内する番頭に、長く待たされてうんざりした様子の客たちが不服そうな顔をした。だが、勝正が目を向けると皆下を向き、関わらぬようにしている。

特別扱いを当然だと思っている勝正は、悪びれもせず番頭に続いて廊下を歩み、普段は客に使わせていない座敷に通され、ご満悦である。

「今日は、極上の鰻が入ってございます。素焼きと熱燗がおすすめですが、いかがなされますか」

「それで頼む。肝焼きも忘れずにな」

「承知いたしました」

にこやかに頭を下げた番頭に入れ替わって、女将があいさつをしに来た。

勝正は傲然と構え、頭を下げる女将に上機嫌で告げる。

「婚礼が近いゆえ、今日は好物を食べにまいった」

「それはそれは、おめでとうございます。では、極上の鰻をたくさんお召し上がりになって、精をつけてくださいませ」

「うむ」

勝正は女将を相手に琴乃の自慢をはじめ、絶品の鰻料理を口に運ぶと、目をつむって深い息を吐いた。

「口の中に入れると同時にとろけた。これぞ、松井屋の妙《みょう》であるな」

「おそれいりまする。では、ごゆっくり」

「女将、これを取らせる」

勝正に促された水谷が、懐から白い紙包みを出した。

受け取った女将は、小判の重さに驚いた様子だったが、すぐに満面に笑みを浮かべて礼を述べると、座敷をあとにした。

水谷と二人で、気分良く鰻を平らげた勝正は、番町の屋敷に帰るべく、店の者に見送られて家路についた。

帰りは道を変え、町中を突っ切って、下谷、外神田へと続く道を選んで歩いた。

鮨が旨いと評判の、すし栄がある神田《かんだ》旅籠《はたご》町《ちょう》の手前には、芝居小屋が立つ広小路がある。

今日は芝居をやっておらず、広小路に人はさほど多くはないようなので、勝正は道の真ん中を選んで歩いていた。

すると前から、三人の男が並んで歩いてきた。くたびれた着物と皺だらけの袴姿は、いかにも浪人風だ。

勝正は当然、向こうが道を空けるものと高をくくり、悠然と歩いてゆく。

すると三人の浪人は、勝正が目の前に来たところで、ようやく左右に分かれた。

「ふん、みすぼらしい者どもめ」

見くだした物言いをする勝正に、三人の浪人はうつむき気味になり、足早に去ろうとした。だが、その中の一人に目を留めた勝正は、声を張った。

「待て！」

足を止めた三人は、振り返りもせず、恐れた様子で身を硬くしている。

背後から歩み寄った勝正は、真ん中の男が腰に帯びている大刀を見据え、帯から抜いた鉄扇で鞘を打った。

「貴様、身なりにそぐわぬ上等な拵えの刀だが、どこで手に入れた」

男は怯えた声で答える。

「家伝の一振りにござれば」

「嘘を申すな。さては盗んだな」

「偽りではありませぬ」

軽く頭を下げて去ろうとする男に、勝正はしつこく絡んだ。

「浪人の分際で、わたしが良いと言わぬのに立ち去ろうとするとは何ごとだ。怪しい奴め、この榊原勝正が検《あらた》める。そこの辻番まで来い！」

勝正の意向に動いた水谷が、浪人の腕を引っ張ろうとしたのだが、振り払われた。

対峙した三人の浪人は、先ほどまでの怯えた様子とはまったく違い、眼光には殺気が感じられる。

気迫に圧《お》された勝正は、上等な刀を持っている髭面の男に問う。

「貴様ら、何者だ」

「見てのとおり、食い詰め者よ」

言い終えた時に見せた不遜な表情が、いかにも怪しい。

「倒幕派の者……」

悟った勝正は、命の危機を感じて下がり、逃げるためきびすを返した。すると、雑踏の中から三人の浪人風の男が出て退路を塞いだ。三人は黒い布で覆面をしている。

今になって、跡をつけられていたと気づいた勝正は、先ほどの三人のほうを振り向いた。すると髭面の男と仲間たちは、これから悪事を働く意志を示すように、首に巻いていた布を上げて顔を隠した。

「天下の往来で何をする気だ」

髭面の男に問うと、答えず抜刀した。

他の者も一斉に刀を抜き、一人が気合をかけて斬りかかってきた。

抜刀した水谷が勝正を守って受け止めたのだが、右から迫った敵に肩を斬られた。

「うわ」

激痛に叫んだ水谷は、それでも敵に斬りかかった。だが空振りし、振り向こうとしたところへ、背後から迫っていた別の敵に背中を峰打ちされた。

激痛に海老反りになった水谷は、倒れても勝正に叫ぶ。

「殿！　お逃げください！」

勝正は助けを求めようとしたが、髭面の仲間が広小路にいる者たちを威嚇して遠ざけ、武家の者も、関わりたくないとばかりに足早に去っていった。

布で髭面を隠した敵が勝正に迫り、刀を向けて告げる。

「おぬしに恨みはないが、同志の邪魔となる者には消えてもらわねばならぬ。覚悟！」

「待て！　無役の寄り合いがどうして邪魔になるのか」

振り上げていた刀を下ろした髭面が、眼光鋭く告げる。

「黙れ。我らの同志である澤山善次郎殿を捕らえたではないか。今こそ、澤山殿の無念を晴らす」

勝正は驚いたが、勇み立って告げる。

「その名を聞いた以上、見逃すわけにはゆかぬ」

刀を正眼に構えた勝正は、気合をかけて斬りかかった。

拝み斬りに打ち下ろした一撃を受け止めた髭面の男は、腰を入れて押し返した。

その圧に負けて大きく弾き飛ばされた勝正は、気おじした顔つきになりながらも、恐怖心を敵に悟られぬよう声を張りあげ、果敢に迫る。

「えい！　やあ！」

袈裟斬りを弾き返されても怯まず刀を繰り出す勝正は、旗本の意地をかけて戦ったと言えよう。だが、相手が上手だった。

渾身の幹竹《からたけ》割りを空振りした勝正は、峰を打たれた衝撃で、不覚にも刀を落としてしまったのだ。

相手の切っ先を眼前に向けられた勝正は、うっと息を呑んだ。

「覚悟！」

「待て！」

勝正は命ほしさに口を開く。

「思い違いをいたすな。澤山善次郎を倒したのは初音伊織だ。わたしは、引き渡されただけだ」

覆面を着けた一人が、大きく目を見開いている。

髭面の男は、

「嘘をつくな！」

怒鳴って刀を振り上げた。

勝正は覚悟を決めて目をつむった。

「ほんとうだ！」

水谷が叫ぶと、髭面の男は刀を振り上げたままじろりと目を向けた。

水谷が怪我の痛みに耐えて身を起こし、地べたにひざまずいて告げる。

「殿は確かに、初音伊織から頼まれて評定所に突き出しただけだ」

髭面の男は、ゆっくりと刀を下ろした。

仲間の一人が声を張った。

「嘘を申すな！」

びくりとした勝正は、その者に言う。

「わたしは見てのとおりの剣技だ。澤山善次郎が負けると思うか」

「逃げるために出まかせを言うておるのであろう」

「まあよいではないか。おれは信じよう」

髭面が仲間に言い、勝正に問う。

「して、その初音伊織という旗本はどこに住んでおる。おぬしと同じ番町か」

「まさか、斬るのか」

鋭い目をして答えぬ髭面に、勝正は狡猾《こうかつ》そうな顔つきになり、唇を舐めて答える。

「初音は旗本ではない。御簞笥町にある町道場の次男だ」

すると髭面の男は驚いたような目をして仲間を見た。だがそれは一瞬で、勝正の刀を拾った。

「よう話してくれた。これは返す」

髭面の男はそう告げて目尻に笑みを浮かべ、刀身を下げて差し出した。

安堵した勝正が刀を受け取るため、戦う意志がないのを示して左手で柄をつかんだ。その刹那、髭面の男は己の刀を閃かせ、片手斬りに打ち下ろした。

勝正は初め、何が起きたのか分からなかった。己の左手首から血しぶきが飛ぶのを茫然と見ていたが、すぐさま襲われた激痛に悲鳴をあげ、手首から先を失った左腕を押さえて倒れた。

「たとえ頼まれたとしても、澤山殿を幕府に突き出した罪は消えぬ」

苦しみの呻き声をあげる勝正にそう吐き捨てた髭面の男は、仲間を連れて走り去った。

「殿!」

駆け寄った水谷は、勝正の腕を見て気が動転してしまい、素手で傷口を押さえた。

遠ざけられていた町の者たちは、血が止まらぬと叫んで助けを求める水谷に対し、白い目を向けている。

「いつも偉そうにしているくせに、無様だな」

町の遊び人風の若者が言えば、

「てめえらの命ほしさに、初音とかいう仲間を売りやがったろくでなしだ」

共にいた若者が軽蔑して、唾を吐いた。

まわりの連中がなかなか助けようとしない中、ようやく数人の男たちが医者を呼べと叫んで駆け寄ってくるのを見た勝正は、気を失った。

三

小冬との縁談をどう阻止するか。

近頃の伊織の悩みはそこだ。

乗り気の十太夫と一緒になって、佐江まですすめてくるからだ。

「御旗本の姫君である琴乃様は人妻になられるのですから、いくら想っても無駄です。その点小冬様は、伊織様の良き伴侶になられますよ、きっと」

などと、十太夫に頼まれたとしか思えぬ台詞を並べられ、伊織は困り果てていた。

「今朝もうるさいから、逃げてきました」

あいさつをしてぼそりとこぼした伊織を、寛斎は笑った。

「昨日もそう言うておったな。二人から責められて辟易とする気持ちも分からぬではないが、薬屋を持たせてくれるというのは、良い条件ではないか。先方の娘御も、気立てが良いのだし」

伊織は驚いた。

「どうしてご存じなのです」

「十太夫殿の脈を診た折にな」

そういえば二日前だったと思う。伊織は、寛斎に両手をついた。

「先生、わたしは半人前です。独り立ちは十年早いと、父を説き伏せていただけませぬか」

「わしまで巻き込むな」

迷惑そうに突っぱねられた伊織は、このままではほんとうに夫婦にされてしまうと思い、困り果てた。

「わたしの胸の中には、まだ琴乃殿がいるのです」

「まるで死んだ者を想うような言い方をするでない」

廊下でした聞き覚えのある声に、伊織は振り向いた。

現れた帯刀が、酷く険しい表情をしていると思った伊織は、軽く頭を下げ、そのままうつむいた。

寛斎が真顔で問う。

「自ら足を運ぶとは珍しい。また琴乃殿が体調を崩されたか」

「そうではない。ここへ来れば、この者に会えると思うたのじゃ」

伊織を指差して告げた帯刀は、立ったまま厳しい目を向けてきた。

「そのほう、昨日の夕方はどこにおった」

伊織は帯刀と目を合わせずに答える。

「ここで先生の教えを受けておりました」

帯刀は寛斎に向く。

「隠し立てをすると、ためにならぬぞ」

寛斎は、じろりと目を向けた。

「偽りなど申さぬ。伊織は朝から夕方まで、確かにここにおった」

「そうか」

帯刀は安堵の表情を浮かべ、二人の前に正座した。

「何かあったようじゃな」

寛斎が問うと、帯刀は伊織に言う。

「話す前に、水を一杯飲ませてくれ」

応じた伊織は立とうとして、帯刀が着ている紺の着物の襟に汗染みができているのに目を留めた。黒漆塗りの鞭を横に置いているため、どうやら馬を駆ってきたようだ。

台所で湯呑み茶碗に水を入れて戻ると、帯刀は喉を鳴らして一息に飲み干し、袖で口元を拭うと、厳しい表情となり口を開いた。

「つい今しがた知ったのだが、榊原勝正が昨日の夕方、町中で刺客に襲われたのだ」

伊織は驚いて目を見張った。

寛斎は怒気を浮かべ、すぐさま返す。

「恋敵の伊織がやったと決めつけて、ここへ来たのか」

「あるいは、と思うたのじゃ」

渋い顔をする帯刀に、寛斎が問う。

「殺されたのか」

「生きておるが、左手首を斬り落とされた」

「なんと……」

気の毒なことじゃ、と言った寛斎は、眉間に皺を寄せて黙り込んでしまった。

「終わりじゃな」

ぼそりとこぼす帯刀に、伊織が問う。

「何が終わるのですか」

「勝正だ。おそらく評定所は、改易に処すはずだ」

伊織は驚いた。

「罪もない者に、厳しすぎませぬか」

「それが武家の定めじゃ」

言ったのは寛斎だ。

「徳川将軍家の旗本たるものが白昼襲われ、民の前で手首を斬り落とされたのじゃ。御公儀は将軍家に恥をかかせたと責め立てる。わしもそうであったように、罰は逃れられまい」

不自由な足をさする寛斎は、いったい何があって改易に処されたのか。

気になった伊織だが、訊けずにいた。

寛斎が帯刀に言う。

「勝正殿は、わしと違うて気位が高いのであろう。改易の沙汰が下されれば、自ら命を絶つのではないか」

帯刀はより一層渋い顔をした。

「あの者に、そのような度胸はあるまい。澤山善次郎のことを己の手柄にしておったくせに、賊が襲うてきたわけが仇討ちだと知ると、命ほしさに、倒したのは初音伊織だと言ったそうだ」

　すると、寛斎がまた不機嫌になった。

「それを知っておるというのに、何ゆえ伊織を疑うたのじゃ」

「そのように筋立てをして、勝正を貶めたのではあるまいかと思うたのじゃ。こう言うてはなんだが、今思うと、そちらのほうが良かったかもしれぬ」

「襲うた者は、伊織を恨んでおるのか」

　問う寛斎に、帯刀はうなずく。

　伊織は気を落ち着けて問う。

「まことに、勝正殿はわたしの名を告げたのですか」

　言わずとも分かろう、という帯刀の顔を見た伊織は、勝正のことを頭に浮かべた。

　伊織の気持ちを代弁するように、帯刀が吐き捨てた。

「勝正は、そのほうの名を伏せたりはせぬ。助かると思ったのであろうが、賊どもは、澤山善次郎を評定所に突き出した勝正を、武士にとって死ぬより辛い仕打ちにしおった」

「確かに、お辛いでしょう」

己の身に置き換える伊織に、帯刀は険しい目を向ける。

「賊は間違いなく、そのほうの命を取りに来るぞ。外を歩く時は油断するな。いや、家におる時もじゃ」

「困りました」

つい本音をもらす伊織に、帯刀は頭を下げた。

「すまぬ。こうなったのは、元はといえばわしのせいじゃ」

伊織は慌てた。

「頭を上げてください。わたしは、当然のことをしただけです」

神妙な面持ちで向き合った帯刀は、目を見て告げる。

「琴乃と勝正とのことは破談にする。重ねて言うが、ゆめゆめ油断するな。琴乃をまだ想うてくれておるなら、決して死ぬでないぞ」

澤山善次郎が原因で伊織が命を落とせば、琴乃は生きてはいないかもしれない。

帯刀はそう思っているに違いないと感じた伊織は、意を決してうなずく。

「心得ました」

「頼む」

帯刀は念押しして、帰っていった。

廊下で見送った伊織が部屋に戻ると、寛斎が表情を和らげて言う。

「そう暗い顔をするな。勝正殿は気の毒というよりも、手柄を己の物にしたのじゃから身から出た錆じゃ」

伊織はうつむいた。

「勝正殿のことではありませぬ」

寛斎は、探るような目をして言う。

「琴乃との縁には光が見えてきたが、命を狙われておるゆえ素直に喜べぬか」

伊織はうなずいた。

「帯刀殿の時と同じように、わたしの弱点と見なされ、琴乃殿に危害が及びかねないと思い不安なのです」

「それは心配しすぎというものじゃ。帯刀殿とて同じ轍は踏むまい。それよりも自分のことを考えよ。敵がいつ襲うてくるか分からぬゆえ、今日から刀を持て」

「いりませぬ」

備前の刀を出そうとした寛斎は、伊織に向く。

「帰りに襲われたらいかがする」

「目潰し粉の作り方をお教えください」

寛斎は不服そうだが、書棚から一冊の本を選んで渡してくれた。

護身用の目潰し粉と書かれた項目を開いた伊織は、材料を紙に書きとめながら口を開く。

「これらが目に入ったら、痛みでしばらく動けないでしょうね」

「その場しのぎじゃ。根本を断たねばきりがなかろう」

心配する寛斎に、伊織は向き合った。

「刀では、解決できぬ気がするのです」

寛斎は座りなおし、じっと伊織を見てきた。憂いを帯びた目をしている。

「話して引き下がる相手とは思えぬぞ」

「澤山の仲間ならば、幕府に抗う者たちでしょうから、いつまでもわたしのような小物には構っていないと思うのです」

「それまで、逃げ続ける肚《はら》か」

「はい」

材料を集めて目潰しの粉を作った伊織は、薄い吉野紙に包んで懐に忍ばせ、家路についた。

人が多い道を選んだ伊織は、油断なく周囲を見ながら歩いた。幸い、跡をつける者や待ち伏せに遭うこともなく帰ることができた。

表門から入ると、剣術の稽古を終えた町の者たちが、わいわいと談笑しながら道場から出てきた。その中にいた大之進が伊織を見つけて、駆け寄ってくる。

「伊織先生、今お帰りですか。今日はあいにく、姉上は来ておりません」

いつも裏から帰るため、大之進は勘違いをしたようだ。

久米五郎はまだあきらめていないのだと思った伊織は、大之進に微笑む。

「気を付けて帰りなさい」

そっけなく立ち去る伊織に、大之進はきょとんとした顔をして見ていたが、また駆け寄ってきた。

「何か良くないことでもあったのですか」

聡い大之進に、伊織は立ち止まった。

「わたしに関われば、よからぬ輩に命を狙われる恐れがある。帰って家の者にそう伝えなさい」

真顔で告げた伊織は、道場の横を通って部屋に戻ろうとしたのだが、ふと中を見れば、見所で一京と話をしている十太夫がいた。

気づいた一京が、お帰りなさいと言うのにうなずいた伊織は行こうとしたのだが、十太夫が呼び止めた。

「ここへ来て座れ」

伊織は素直に従い、草履を脱いで上がった。

向き合って正座する伊織に、十太夫が口を開く。

「なんぞ、変わったことがあったな」

伊織は動揺した。

「どうしてそう思われるのですか」

「何年お前の親をしておると思うか。顔を見れば分かる。何を憂えておる」

伊織は観念した。

「おそれいりました」

苦笑いを浮かべて、十太夫に問う。

「大之進から、小冬殿のことを言われました。父上は、まだ縁談を進めようとされているのですか」

心配させたくなく、命を狙われているとは言えずそう話したが、十太夫は疑っているようだ。伊織の胸元を指差して言う。

「何を入れておる」

頭を下げた時に、目潰しの粉を入れた袋が見えたに違いなかった。

伊織は三つ取り出し、膝下《しっか》に置いた。

一京が身を乗り出して言う。

「これはなんですか」

「薬学で使う薬草です」

「へえ」

興味をなくしたような返事をする一京を横目に、十太夫は鋭い目を向けて口を開く。

「目潰しの粉が、薬学の何に必要なのだ」

見抜かれて、伊織は返答に窮したが、それは一瞬だ。

「どうして分かったのですか」

「薬草を吉野紙に包むにしては、量が多い。粉の色も、目潰しの粉に似ておる」

十太夫の博識に舌を巻いた伊織は、改めて言う。

「物騒な世ですから、求める者がいるのです。寛斎先生秘伝の目潰しを、自分なりに学ぼうと思いいただいて帰りました」

十太夫は、伊織の目を見据えて言う。

「行商をしておる門人から聞いたが、榊原勝正が賊に襲われたそうだ。まことに、物騒であるな」

何か聞いておろう、という眼差しが、伊織の胸を締め付ける。帯刀から聞いたと言えぬ伊織は、下を向いた。

「願えば、刀を持たせていただけますか」

十太夫は渋面を変えず、伊織の目を見据えたまま黙っている。

息を呑んだのは、一京だ。

伊織は目を向けた。焦りの色を浮かべていた一京は何か言おうとしたのだが、十太夫が先に口を開いた。

「誰を斬る」

護身ではなく、斬ると決めてかかる父の言動に、伊織は違和感を覚えて顔を向ける。

「言わずとも、お分かりかと」

そう返すと、十太夫はより厳しい目つきをした。

「わしが何を知っていると思うのだ」

「榊原勝正殿のことです」

「手首から先を失ったことしか知らぬ。かの者がいかがした」

伊織は十太夫の目を見て、帯刀から聞いたとおりに話した。

すると十太夫は、一京と目を合わせた。

二人の狼狽えた顔を見るのは、井伊大老が暗殺されて以来か。

何かあると思った伊織は、問わずにはいられない。

「勝正殿を襲った刺客に、心当たりがおありですか」

十太夫が伊織に向き、表情厳しく口を開く。

「刺客どもは確かに、澤山の仇討ちだと言うたのか」

「そのように聞いております」

「勝正は顔を見たのであろう。まったく見覚えのない相手だったのか」

「帯刀殿は、名は分かっていないご様子でした。ただ、勝正殿がわたしの名を出したからには、襲撃した者たちの的になるのは間違いないゆえ、くれぐれも気を付けるようにおっしゃいました」

一京は、勝正め、と口汚く言い、憤りをあらわにした。

伊織はそんな一京を横目に、様子がおかしい十太夫に問う。

「身を守るために、刀をお貸しいただけますか」

「もし襲われても、決して相手を殺《あや》めてはならぬ。それが約束できるか」

伊織は十太夫の心中を測るべく目を見つめた。

「命を奪えば、また新たな恨みを買うとお考えですか」

十太夫は不服そうな顔をした。

「回りくどい。本音を申せ」

「命を取りに来る剣士を斬らずにすますには、わたしは未熟です。そこをあえて生かせとおっしゃるのは、父上のお言葉とも思えませぬ。わけをお聞かせください」

「人を殺めれば相応の罰を受けるゆえ斬るな。ただそれだけのことよ」

伊織が一京を見ると、先ほどとは違って焦りは消えている。

「先生のおっしゃるとおりです」

そう言われた伊織は、十太夫に向いた。

「分かりました」

「それでよい」

十太夫はうなずくと、見所の刀掛けから大刀を取り、伊織に差し出した。

「無銘じゃが、お前にはこれが良かろう」

受け取った伊織は、初めて見る拵えの黒鞘から刀を抜いた。

刀身は青みがかった美しい輝きがあり、刃文は小波《さざなみ》を思わせるほど小さくうねっている。切っ先は細く、反りはきつい。

「重さも、扱いやすいですね」

「新刀じゃ。折れにくいが斬れ味は悪い」

これでは人は殺められぬというわけか。

納得した伊織は、鞘に納めて頭を下げた。

「では、持たぬことにいたします」

刀を置いて部屋に戻ろうとする伊織に、十太夫が問う。

「帯刀殿は、他に何か告げたか」

「何も」

伊織は、琴乃と勝正の縁談のことは言わなかった。詮索されるのを避けるためだ。

「そうか。では下がれ」

かまをかけて刀を持たぬと言った途端に、十太夫は安堵した様子となった。

伊織はそのことが気になったのだが、訊かずに頭を下げ、部屋に戻った。

四

麻布竜土町《あざぶりゅうどちょう》の毛利家下屋敷にいる攘夷志士たちは、藩命あらば即座に横浜へ飛び、異人を襲撃するつもりで待機していた。

特に、吉田松陰の思想を崇拝する若者たちは、去る十二月五日に起きたヘンリー・ヒュースケン暗殺事件に、薩摩藩士の攘夷派が深く関わっていると知ると、後れを取ったと悔しがり、次は我らがやる、と勇んでいるのだ。

そして、勝正を襲った者たちも、この屋敷に身を潜めている。

朗報が届いたのは一ヶ月後だ。

「やったぞ。勝正は改易に処され、明日には屋敷を追い出される」

同志たちは歓喜に沸いた。

「澤山殿と仲間たちも、これで浮かばれる」

「まだだ。肝心の初音伊織を倒すまで、澤山殿は成仏できぬ」

車座になって話す若者たちは、異人を斬る前に、伊織を必ず倒すと息巻いている。

上座で文机に向かっている宍戸源六は、素知らぬふりを決め込んでいるものの、心中は穏やかではない。

血気盛んな若者を束ねる役目を帯びて江戸に戻っていた宍戸は、苦渋の決断を迫られているのだ。

そばに座って若者たちを傍観している服部瑠衣の袖を引いた宍戸は、外に誘い出した。

明かりが灯る詰め部屋から離れ、藩士たちがいない母屋の軒先に入った宍戸は、月明かりに顔を照らされぬよう気を遣いつつ小声で告げた。

「わしはどうにも、伊織殿が澤山殿を倒したことが信じられずにおる。おぬしもそうであろう」

瑠衣はうなずくも、不安そうだ。

宍戸が続ける。

「やはり、勝正に一杯食わされたのではないだろうか。奴には、伊織殿を貶めたいわけがあるのだ」

瑠衣は不思議そうな顔をした。

「二人のあいだに何があるのです」

「ある筋からの話では、伊織殿には想い人がおる」

瑠衣は驚いた。

「あの伊織様に?」瑠衣は笑った。「どこからの話か知りませんが、ないでしょう。おなごと目も合わせぬのですぞ」

「わしも耳を疑ったが、どうやらほんとうだ。しかも相手が悪い」

「誰です」

「聞いて驚くな。松平帯刀の娘だ」

「なんですと」

愕然とする瑠衣に、宍戸が声を潜める。

「どうやら、寛斎先生のところで親しくなったらしい」

「まさか！」

狼狽える瑠衣を見て、宍戸がいぶかしむ。

「酷く驚いているが、いかがした」

「いや……」

「隠すな。知っておかねば対処ができぬ」

瑠衣は逡巡して話そうとしないが、宍戸がさらに促すと、困り顔で打ち明けた。

「智将様の傷の手当てを手伝った若いおなごが、おそらく帯刀の娘ではないかと」

「何……」

宍戸は顔をしかめた。

「では、智将殿にとって恩人なのか」

「そうなります」

「おぬしはなぜ、そのおなごが帯刀の娘だと思うのだ」

「寛斎先生には、他におなごの弟子がおらぬからです」

「まさか智将殿は、そのことをご存じか」

「いえ、わたしも今聞いて驚いたほどですから」

誰とも会わず、別の隠れ家で傷の養生をしている智将は、確かに知る由もないはず。

そう思った宍戸は、安堵の息を吐いた。

「智将殿には、このまま知らせずにおこう」

瑠衣は困惑した。

「しかし、このままでは兄弟で敵になります」

宍戸は厳しく告げる。

「智将殿の気性はよう分かっておろう。知ったところで、我らから離れる人ではない。あいだに挟まれ、苦しまれるだけだ。それに、勝正は恋敵の伊織殿を我らに討たせるために、ありもしないことを言った。これで丸く収まるのではないか」

「そうはいかぬぞ」

暗がりからかけられた言葉に、宍戸は丸くした目を向けた。

「その声は、島玄武《しまげんぶ》殿か」

暗がりから出てきたのは、まさに、丹波《たんば》園部《そのべ》藩《はん》随一の剣士だった。

「どうやってここに入った」

島は不遜な笑みを浮かべる。

「まあよいではないか。わしとおぬしの仲だ。それより先ほどの話だが、初音伊織が澤山を打ちのめしたのは揺るぎない事実だ。澤山が牢屋でそう言ったのを、この耳で確かに聞いたからな」

「何！　おぬし、牢に入っていたのか」

島はしかめっ面で、唾を吐き捨てた。

「酒に酔って、つまらぬ喧嘩をしたせいでぶち込まれたのだ」

宍戸は笑った。

「おぬしのやりそうなことだ」

「ふん、笑うがいいさ」

「しかしおぬしは、幕府に追われておる身であろう。どうやって出たのだ。牢破りをしたのか」

「そこが、今の幕府のつまらぬところよ。町方の者まで徹底しておらぬのか、それとも役人が間抜けなのか、まったく疑いもせず、ただの食い詰め浪人の憂さ晴らしだと思い込んでおった」

「なるほど」

「だがその間抜けどもに牢へ入れられたおかげで、澤山と会えたというわけだ。奴は伊織を恨んでおった。生かしておけば必ず我らの邪魔な存在になるゆえ、公儀の犬にならぬうちに息の根を止めろと言うておった」

「信じられませぬ」

口を挟んで異を唱えた瑠衣は、伊織の優しい一面を伝えた。

だが、島は信じない。

「昌福寺の試合で勝ち残ったほどの者だぞ。おぬしたちは初音道場の門人でありながら、伊織の真の力を知らなかったのか」

「智将様は爪を隠しているとお疑いでしたが、わたしはまったく信じられません」

「真実は澤山よ。奴は、伊織は恐ろしい一面を持っておると言うておった。それゆえ、獅子が目ざめぬうちに討てと言うたのだ。松平帯刀が一目置いておるゆえ、取り込まれてしまえば厄介だぞ」

宍戸が口を開く。

「討伐組に入れられるか」

島は真顔でうなずく。

「その討伐組だが、同志が三人やられた。伊織共々、わしが斬ってくれる」

「待たれよ。伊織殿は我らがやる」

瑠衣は目を見張った。

「宍戸殿」

「言うな瑠衣殿。我らにとって大事なのは智将殿だ。伊織殿は澤山殿を死に追いやっているため、弟と分かれば智将殿の立場が悪くなる。下手をすると、我らの結束が乱れる。それだけは避けねばならぬ」

「そのとおりだ」

島が瑠衣に言う。

「智将殿にはこのことを知らせず、伊織を葬れ。江戸に送られている長州藩の志士たちは過激だ。吉田松陰先生と澤山を殺されたことで、幕府に対する恨みが強い。かばい立てすれば、智将殿だけでなく、おぬしの命も危ういぞ」

瑠衣は、意を決してうなずいた。

島が宍戸に言う。

「わしも手伝おう。いつやる」

宍戸は渋い顔をして腕組みをした。そして、瑠衣を見て告げる。

「寛斎先生宅から帰る時がよかろう。おぬしはここへ残れ。我らだけでやる」

「わたしも行きます。行かせてください」

島が警戒の目を向ける。

「我らを裏切る気ではあるまいな」

「それはありませぬ」

「下手な真似をすれば、わしが斬るぞ」

島の目を見た瑠衣は、真顔でうなずいた。

宍戸が言う。

「島殿、ここは我らにまかせてくれ」

「いいだろう」

島は酒を飲むと言って、同志たちのところへ足を向けた。

五

「先生、ありがとうございました」

今日も一日学んだ伊織は、頭を上げて立ち上がった。

「警戒を怠るでないぞ」

そう言ってじっと目を見てきた寛斎が、珍しく不安そうな顔をしていると思った伊織は微笑んだ。

「帯刀殿に教えていただきずいぶん日が経ちますが、怪しい人影はありませぬ」

「今日は、母御の月命日の墓参に行くのであろう。墓地は人が少ないゆえ申しておる」

「心得ました」

「今日だけでも、わしの刀を持ってゆけ」

「大丈夫です。これがありますから」

目潰し粉を忍ばせている胸元に手を当ててみせた伊織は、頭を下げて部屋を出た。

表からおとなう声がしたのは、廊下を歩こうとしていた時だ。

その声は美津に違いなく、伊織は急いで表に向かった。すると、戸を開けて入った美津が、穏やかな笑みを浮かべて頭を下げた。だが、琴乃はどこにもいない。

「美津殿、琴乃殿は息災ですか」

勝正が改易と決まり、破談になったと寛斎から聞いていただけに、伊織は心配していたのだ。

美津は表情を曇らせた。

「お部屋で話させてください」

「気が利きませんでした。どうぞお上がりください」

招き入れると、美津は草履を揃えて伊織に続き、下座に正座して寛斎にあいさつをした。寛斎が応じると、美津は二人の顔を順に見て、目を潤ませながら話した。

「お嬢様は、破談を喜ばれはしたものの、勝正殿の改易を知り、気の毒に思われてございます」

寛斎は深刻そうな面持ちで問う。

「気が塞いでおるのか」

「はい。以前のような笑顔は、まだ見られませぬ。今日は、眠り薬をいただきたくまかりこしました」

伊織は心配のあまり口を挟んだ。

「薬を得なければ、眠れないのですか」

美津はうなずき、ほろりと涙を流した。そして、改まって伊織に三つ指をついた。

「伊織様、これよりわたくしと共に来ていただけませぬか。お嬢様の気鬱を治せるのは、伊織様しかいらっしゃいません」

伊織は快諾して立ち上がった。

「待て」

止めた寛斎が、厳しい声音で告げる。

「会えば、寂しさが増すのではあるまいか」

美津は悲しそうに顔を歪め、声を震わせながら訴えた。

「わたしは愚鈍で気づかなかったのですが、以前お嬢様は、首を吊って命を絶とうとされたことがあったのです」

寛斎が渋い顔で問う。

「本人から聞いたのか」

「はい」

「まさか、まだ良からぬことを考えておるのか」

美津は不安そうな顔をした。

「分かりませぬ」

「分からぬとはどういうことじゃ」

落ち着いた口調で問う寛斎に、美津は涙を拭って答えた。

「勝正様との婚儀がなくなった時は、顔色が良くなられていたのです。わたしは嬉しくて、伊織様にまたお目にかかれると申し上げたところ、急に寂しそうな顔をされて、また寝込んでしまわれました」

伊織が、美津に問う。

「父が縁談を断ったことを、思い出されたのでしょうか」

「いえ、殿が、伊織様との縁も望めようとおっしゃいましたから、それはないと思うのです」

「帯刀殿は、確かにそうおっしゃったのですか」

「はい」

伊織は目の前が明るくなったものの、琴乃がどうして気鬱になったのか分からず、心配した。

「琴乃殿と、会わせてください」

美津は嬉しそうにうなずいた。

しかし寛斎が厳しく告げる。

「帯刀殿の許しもなく会えば、また臍《へそ》を曲げるのではないか」

「殿の許しは出ております」

美津の答えに、寛斎は驚いた。

「まことに許したのか」

うなずいた美津は、伊織に顔を向けた。

「いつか一緒になると、勇気づけてほしいそうです」

「伊織……」

寛斎が止める気だと思った伊織は、己の意志を貫くため先を言わせない。

「先生、父は必ず説得します。美津殿、まいりましょう」

「待て伊織、伊織！」

寛斎の言うことを聞かずに外へ出た伊織は、待たせていた駕籠に美津が乗ると、共に番町へ急いだ。

表まで追って出たが、止められなかった寛斎は、思うように動かぬ足に苛立ちをぶつけるように手で打ち、ため息をついた。

琴乃が塞ぎ込んでいるほんとうのわけは、共に傷を手当てした智将にあるのだと思わずにはいられぬだけに、

「会えば、琴乃が苦しむだけなのじゃ」

誰よりも伊織が苦しむであろうと思い、打ち明けられなかった己に腹が立つ寛斎なのだ。


松平家の表門に着いた伊織は、駕籠を降りる美津に手を貸した。

恐縮して中へ誘《いざな》う美津を先に入らせた伊織は、ふと気配を感じて振り向いた。

門番たちの背後にある番町の通りには武家の者たちが行き交い、こちらをうかがう人影はないように思えた。

「伊織様、いかがなさいました」

美津に問われて、なんでもないと答えた伊織は、脇門を潜った。

その門前を通り過ぎた一人の紋付き袴姿の男が、一瞬だけ門扉に目を向け、足早に去っていった。

六

松平家には大勢の奉公人がいるはずだが、以前来た時よりも屋敷内は静かだった。

美津が案内する廊下を歩いていても、誰一人として姿を見せない。だが、中には障子の内側に人の気配がある部屋もあるのは確かだ。

帯刀は何を思って潜ませているのか。

考えても意図をつかめぬ伊織は、前を向いて歩いた。

美津が立ち止まったのは、奥御殿の長い廊下を進んだ先の、障子が閉められている部屋の前だ。

庭には近頃の陽気に誘われて牡丹の蕾《つぼみ》がゆるみ、赤い花びらが覗いている。

「お嬢様、伊織様が来てくださいました」

返事がない。

不安そうな顔をした美津が、開けますよ、と声をかけて障子に手をかける。だが、そこに琴乃はいない。

伊織は庭に向き、美津に言う。

「気晴らしに出られたのでは」

「出かける時は、床に臥せっておられたのです」

そう言うも、部屋には布団ではなく緋毛氈が敷かれているだけだ。

「捜してまいりますから、中でお待ちください」

伊織は応じて足を踏み入れ、緋毛氈の前で正座した。

琴乃の部屋に初めて入る伊織は、あまり見てはいけないと思い、障子に向きなおった。庭を眺めるため少しだけ開けた。先ほど目に留めていた牡丹の他に、名を知らぬ桜色の小花や、紫色の花が庭を彩り、琴乃はこれらの花を眺めて過ごしているのだろうと思った。

人が来る気配を察した伊織は、障子を閉めて座りなおした。その障子を開けたのは美津だった。

「伊織様、お嬢様よりも先に、殿がお呼びです」

案内されたのは、庭の一角にある茶室だった。

茶の作法が不得手の伊織は戸惑ったが、

「楽にいたせ」

帯刀は砕けた態度で、自ら点《た》てた茶を差し出した。

茶碗を取らず見つめている伊織を見て、帯刀が笑みを浮かべた。

「冷めぬうちに、好きなように飲みなさい」

「はは」

伊織は右手で取り、母が茶を飲む姿を目に浮かべながら口に運んだ。

飲み干した茶碗を差し出すと、帯刀は満足そうな顔で引き取り、湯で流しながら口を開く。

「わしは、大きな間違いをしてしまうところであった。琴乃のことじゃ」

伊織は不安が募り、顔を上げた。

「寝込まれたと聞きました。部屋にもお姿がありませんでしたが、いかがなされたのですか」

「案ずるな。そなたに会えると知って、母親のところで支度をしておる」

伊織は安心した。

帯刀は笑みを消し、真顔で問う。

「会うてもらう前に、確かめたい。わしと十太夫殿は知ってのとおりの仲じゃ。されど、琴乃にはそなたしかおらぬ。そなたはどうじゃ」

琴乃が勝正に嫁ぐと知った時の、己の気持ちを思い起こした伊織は、帯刀の目を見た。

「わたしは命を狙われております」

帯刀は真顔でうなずく。

「勝正を襲うた輩のことじゃな」

「はい」

「あのけしからぬ者どもはわしが必ず捕らえるゆえ、今はそのことを抜きにして、想いを聞かせてくれ」

伊織は居住まいを正した。

「許されるなら、琴乃殿と生涯を共にしとうございます」

「許さなかったら、いかがする」

「………」

答えられない伊織の気持ちを代弁するように、帯刀は続ける。

「十太夫殿は決して許すまい」

「説得します」

「できなかったであろう」

「必ず……」

「よい」

言葉を切られた伊織は、帯刀の考えを待った。

帯刀は膝を突き合わせた。伊織を見据える目が、鋭い光を帯びる。

「琴乃のために、家を出る覚悟はあるか」

「わたしは、道場を継ぐ身ではありませぬゆえ」

「親兄弟と縁が切れるかと訊いておる」

帯刀は本気だ。そう感じた伊織は、目を見てうなずいた。

「お許しいただけるなら……」

帯刀は、ふっと息を吐いて下を向き、ふたたび伊織の目を見る。穏やかな表情だと伊織は思った。

「そなたの覚悟はよう分かった。じゃが、縁を切る前に今一度、十太夫殿を説得してみよ。わしが必ず、そなたを旗本にする。これは約定じゃ」

書状を受け取った伊織は、頭を下げた。

「この御恩、生涯忘れませぬ」

「恩に思わずともよい。いずれ、わしとそなたは親子になるのじゃ。わしは役目があるゆえ、あとは二人で話すがよい」

そう言って出ていく帯刀を、伊織は頭を下げて見送った。

障子を閉める様子がないので顔を上げると、そこには帯刀ではなく、琴乃がいた。

艶やかな赤綸子《あかりんず》の打掛が、色白の顔を引き立てている。

琴乃は、じっと伊織を見ている。今にも喜びの感情が弾けそうなほど、熱い眼差しだ。

伊織は歩み寄り、琴乃を抱きしめた。

「会いたかった」

「わたしも……」

声を震わせる琴乃を、伊織は見つめた。美しい瞳が見る間に潤み、喜びの涙が頬を伝う。伊織が指で拭うと、琴乃は瞳を閉じた。

伊織はふたたび強く抱きしめた。

「好きだ」

「わたしも、お慕いしています」

二人は見つめ合い、唇を重ねた。


茶室に向かう小道の入り口で控えている美津の横に、松哲が来た。

頭を下げる美津に対し、松哲は茶室を見やり、目を細めて告げる。

「琴乃は、嬉しそうであったの」

「はい」

「わしと婆さんの若い時を思い出す」

美津は顔を上げた。

「ご隠居様と大奥様は、相惚れだったのでございますか」

松哲はうなずいた。

「婆さんとは、役目で京に五年ほど暮らしておった折に出会うたのじゃ。知ってのとおり益子は公卿の姫であったゆえ、いかにわしが松平家の者とて、嫁にもらうのは難しい相手だった」

「どうされたのですか」

「わしの場合は、当時の上様に頼み込んで許しをいただいた」

「今も仲がおよろしいのは、そういうことでございましたか」

笑った松哲は、小声で告げる。

「琴乃と伊織殿は、わしらよりも強い絆で結ばれておると、婆さんが言うておった。琴乃が寝込んだ時は、そのまま死んでしまうのではないかと不安でならなかったが、天は、二人を見放さなかったというわけじゃ」
「まことに、お嬢様に笑顔が戻って、ようございました」
「これからも、琴乃を頼むぞ」
懐紙を差し出された美津は恐縮して受け取り、頰を拭った。

七

ひと時のあいだ琴乃と二人きりで過ごした伊織は、家路についていた。牛込御門を出て神楽坂下の橋の上に来ると、足を止めて堀を見つめた。語り合う時、琴乃が時折見せていた憂いを帯びた顔が、水面に浮かぶ。

琴乃は口には出さぬが、縁談を十太夫が認めないのではないかと不安に思っているに違いなかった。

二度と琴乃を離さぬと決めた伊織に、迷いはない。必ず父を説得すると己に言い聞かせて前を向くと、神楽坂を駆け上がった。

西の空に雨雲があるせいか、坂は家路を急ぐ者が多い。

父に言う前に、武家になる許しを亡き母に報告して力を貸してもらおうと考えた伊織は、途中の店で線香と花を求めて円満寺へ走った。

ひっそりしている母の墓前に手を合わせると、己の気持ちを報告し、両手をついて頭を下げた。

「一心に何をお願いしておるのじゃ」

雲慶《うんけい》和尚の声にも応じず念仏を唱えた伊織は、終えてから頭を上げた。

そばに来た雲慶が、数珠を掛けた手を墓前に向け、念仏を唱えてくれた。

「伊織を見守ってくだされ。南無阿弥陀仏《なんまんだぶ》、南無阿弥陀仏」

目を開けた雲慶が、穏やかな目を向ける。

「ご母堂も、喜んでおられるぞ」

「何を願ったか、お分かりになったのですか」

驚いて問う伊織に、雲慶は目を細める。

「分かるはずもなかろう。じゃが気を付けろ、昼寝をしておる時に、ご母堂が夢に出てこられた」

「母上が？」

「さよう。酷く悲しげな顔をしておられたゆえ、何を思うておられるのか問おうとしたのじゃが、そこで目がさめてしもうてな。気になっておったところに、お前が来たというわけじゃ」

「そうですか」

「何を願いにまいったのじゃ」

伊織は隠さず、帯刀から言われたことを話した。

「これから父を説得しに戻るのですが、その前に、母に報告したのです」

「さようか。お前が旗本にのう」

しげしげと顔を見つめられて、伊織は口を開いた。

「母は口では言われませんでしたが、兄の仕官を望まれていました。わたしが剣を持つことは望まれていないでしょうが、家を出る覚悟ですから、兄の邪魔にはなりませぬ。父も、分かってくださろうかと」

雲慶は渋い顔だ。

「されど、相手が松平家の娘となると、難しいぞ」

「今は許されずとも、わたしが立派にご奉公すれば、先ではお許しくださると思うのです」

雲慶は驚いた顔をした。

「まさか、許されぬ時は家を出る気か」

「わたしは次男ゆえ、縛られはしませぬ。では、遅くなりますのでまた来ます」

伊織は雲慶に頭を下げ、墓前から立ち去った。

「くれぐれも、気を付けるのじゃぞ！」

雲慶の声に振り向いた伊織は、はい、と応じて墓地から出た。

雲慶は伊織の母の墓に向き、手を合わせた。

「良い話ではございませぬか。何をそう憂えます」

そう語りかけ、念仏を唱えるのだった。

山門を出た伊織は、空を見上げた。幸い雨雲は、よそへ流れて消えている。日が暮れはじめた今頃、門人たちは帰っているはずだ。

十太夫が夕餉をとる前に話さねばと思った伊織は、家路を急いだ。

西日に向かって歩いていると、目の前の路地からつと出てきた二人の男が、道を塞いで立ち止まった。

強い日差しのせいで影となり、初めは分からなかったのだが、男たちは覆面を着けている。

途端に、帯刀の言葉が浮かんだ伊織は、道を変えるべくきびすを返した。すると、そちらの道に現れた二人組が、居合わせた町の男女を威嚇して去らせた。

先に現れた者に向くと、二人は抜刀して迫ってきた。

脇差すら帯びていない伊織は、気合をかけて袈裟斬りに打ち下ろされた一撃を、左に足を運んでかわした。

そこを狙った二人目が、

「えい！」

伊織の左側から拝み斬りに振り下ろす。

飛びすさって刃をかわした伊織は、こちらを向いた覆面めがけて、目潰し粉の袋を投げた。

薄い紙が破れて赤茶色の粉塵が舞うと、覆面の男が目をかばっていたが、すぐさま悲鳴をあげた。

「うわあ！　目が！　目が！」

伊織が二つ目を投げる構えを見せると、もう一人は恐れをなして背中を向けた。

その隙に、伊織は逃げた。

「追え！」

「逃がすな！」

声を背中で聞きつつ、先ほど刺客が出てきた路地へ曲がった伊織は、家の壁に立て掛けてあった振り売りの棒をつかむと、ひとつ先の路地を右に曲がった。

追ってきた刺客を路地の角で待ち構えていた伊織は、足の脛を打った。

走ってきたうえに、棒が折れるほどの強さで打たれた刺客は悲鳴をあげ、顔面から地面に倒れた。

折れ残った棒でその者の手首を打ち据えた伊織は刀を奪い、次に来た刺客に切っ先を向けて対峙する。

刺客は五人に増えていた。

伊織はふたたび目潰し粉の袋を投げた。だが、敵はうまくかわし、袋は地面で弾けた。

「斬れ！」

「おう！」

応じた四人目の刺客は、切っ先を伊織の顎に向けた構えで迫り、振り上げて斬りかかってきた。

正眼に構えていた伊織は刃を受け流し、

「えい！」

刀身を振るって打ち下ろした。

峰打ちは、一撃で相手の肩の骨を砕いた。

激痛に右腕を上げることもできない刺客は、肩を押さえて下がり、脛を打たれている刺客と共に、伊織から離れた。

残る三人は、伊織の凄まじいまでの強さに息を呑んでいたが、気を取りなおしたように刀を構え、じりじりと間合いを詰めてくる。

伊織は最後の目潰し粉を投げようとしたが、どうやら通じないようだと悟り、やめた。

勝正を襲った者たちに違いないと思った伊織は、同じ目に遭わされるだけでなく、死の予感がした。その途端脳裏に、悲しみのあまり痩せていた琴乃の姿が浮かぶ。

琴乃のためにも、ここで死ぬわけにはゆかぬ。

伊織は刀の柄をにぎりなおし、切っ先を下げた。

それを隙と見た刺客が、気合をかけて迫る。

鋭い太刀筋で横に一閃された刃を引いてかわした伊織は、返す刀の攻撃を打ち払って斬り下ろし、相手の右肩を峰打ちした。

呻いて下がった刺客と入れ替わったのは、あとから合流した新手の男だ。

気合をかけて斬りかかる気迫は凄まじく、伊織は下がって間合いを空けざるを得なかった。

そのあいだに、もう一人の刺客が仲間を助け起こしにかかった。

伊織は、目の前の刺客に刀を向けて対峙する。

下がって間合いを空けた刺客は、正眼から大上段に刀を上げ、左足を前に出して構えた。間合いに入れば、渾身の一撃で相手を圧倒する必殺の剣技だ。

背中を弓反りにして、打ち下ろす力を増す独特の立ち姿を見た伊織は、絶句した。

「瑠衣殿？」

動揺して問う伊織の声を消さんばかりに気合をかけた刺客が、猛然と迫り、渾身の一撃を振り下ろした。

　凄まじい威力を持つ一撃を辛うじてかわした伊織は、刃風を肌に感じつつも怯むことなく、正眼に構えて相手と向き合った。

「人が来る！　引け！」

　刺客の仲間が声を張り、伊織に倒されていた者たちがほうほうの体で逃げてゆく。

　伊織と対峙している刺客は引かぬ。覆面をしているが、目のあたりは服部瑠衣にしか見えない伊織は、刀を下ろして問う。

「兄はどこにいるのです」

　瑠衣は答えず下がった。

　伊織が追うと、振り向いた瑠衣が言う。

「智将様のために、今すぐ江戸から逃げてくだされ」

　わけが分からぬ伊織は、声を張った。

「どういうことです。兄と何をするつもりですか」

「この国を変えるために戦っておるのです。我らの同志である澤山殿を倒した伊織様は、敵とみなされ、命を狙われております。今日はしくじりましたが、次に来る者は人斬りに慣れた剣士か、智将様になります」

伊織は耳を疑い、目を見開いた。

「兄上が、わたしを斬りに来るのですか」

覆面を取った瑠衣は、苦い顔をして言う。

「伊織様は、我ら攘夷志士の敵とみなされたのです。江戸にいてはなりませぬぞ。必ず逃げてください」

瑠衣はそう言って、止める伊織の声も聞かずに走り去った。

「わたしが、兄上の敵……」

これまで世の流れに興味を持たず生きてきた伊織にとって、瑠衣の言葉は衝撃以外の何物でもない。

「澤山善次郎を倒したのは、あの者が悪辣《あくらつ》な真似をするからではないか」

帯刀を倒そうとしたのも、攘夷志士の考えということなのか。

智将は旅をしているものとばかり思っていた伊織は、腰が抜けそうになるほどの衝撃を受け、

「父上に、お知らせせねば」

刀を捨てて走った。

裏木戸から入った伊織は、いざとなると、十太夫に言うべきか迷った。智将が帯刀と敵対していると知れば、琴乃との縁談を認めるはずはないと思ったからだ。

「どうすればいい」

井戸端に立ちすくんで考えた伊織は、まずは一京に相談すべく、道場に向かった。まだいてくれと願いつつ道場を覗くと、一京は一人で、真剣を振るって稽古をしていた。

声をかけると、一京は刀を下ろして振り向いた。

「若、お帰りなさい」

そう言った一京は、すぐに表情を曇らせて歩み寄ってきた。

「何かあったのですか」

腕をつかまれて初めて、着物の袖が切られていることに気づいた。

「帰り道で、命を狙われました」

一京は険しい顔をする。

「相手は何者ですか」

「澤山善次郎の仲間ですが、その中に、服部瑠衣殿がいました」

「まさか！」

愕然とした一京は刀を鞘に納め、伊織の腕を引いて道場から出た。

「父上に言うべきか迷っています」

伊織が告げても一京は腕を離さず、十太夫の部屋に連れていった。

「先生、大変です」

夕餉前の読書をしていた十太夫が、渋い顔を向けた。

「何ごとだ」

一京が下座に正座して口を開く。

「若が刺客に襲われました。澤山善次郎の仕返しと思われます。その中に……」

「智将がおったか」

驚く様子もなくこう返す十太夫の言葉が、伊織の胸に衝撃を与えた。

「父上、ご存じだったのですか」

十太夫は目を向けてきた。初めて見る気がする冷たい眼差しに、伊織ははっとした。

十太夫が厳しい口調で言う。

「お前が澤山善次郎を倒した時から、こうなるのではないかと恐れておった」

「どうして教えてくれなかったのです」

「智将のことか」

「そうです。兄上は、剣術修行の旅をしているのではなかったのですか」

「わしもそう思っていた。じゃが智将は、わしが思いつきもせぬ大きな志を抱いておるようじゃ」

「瑠衣殿は攘夷志士と言うていました」

「それは、名ばかりじゃ。智将の志は、これに書かれておる」

先ほどまで読んでいた書物を渡された。

「これは……」

「智将が書いたものじゃ。あれの気持ちを知りたくて部屋を調べたところ、それが隠してあった」

一京が問う。

「なんと書かれているのです」

「智将は、本気でこの国を変えようとしておる。徳川将軍家のためだけにある世の仕組みを、民のための世に変えようとしておるのだ」

「なんと、大それた……」

驚いた一京は、さらに問う。

「そのために、長州へ行かれたのでしょうか」

十太夫はうなずいた。

「これを見て、はっきり分かった。智将は、長州の者たちが同じ志を持っておると知り、家を出たのだ」

伊織は黙っていられなかった。

「兄上のことをご存じだったから、父上はわたしの縁談を断られたのですか」

「お前には、すまぬことをしたと思うておる」

「どうして教えてくださらなかったのです。家族ではないですか」

「言えば、お前は必ず智将を止めに行くと思ったのだ」

伊織は智将の勝手を嘆き悲しみ、身を震わせた。こうなってしまった以上、兄弟の縁を切らぬ限り、琴乃と結ばれることはないと思ったからだ。

心中を探るような目を向けていた十太夫が、厳しい口調で問う。

「智将が襲うてくれば、斬るか」

伊織は、充血させた目を向けた。

「磯部兵部は、何の理由もなく父上を責めたのではない。そう思うと、兄上に腹が立ちます」

涙を流す伊織に、十太夫が目つきを鋭くする。

「斬るかと問うておる」

伊織は長い息を吐き、気持ちを落ち着けて口を開く。

「兄上のせいで、父上は磯部に痛めつけられ、母上は亡くなったのです」

「それを申すな」

「この道場もそうです。父上は、兄上のためならすべて失ってもよいとお考えですか」

「若、それ以上はいけませぬ」

止める一京の言うことを聞かぬ伊織は、十太夫に答えを迫った。

「兄上は立派な考えをお持ちのようですが、大義のためなら、家族がどうなってもよいとお考えのようです。現にわたしは、門人だった瑠衣殿に命を狙われました」

「それは、お前が幕府の犬とみなされたからだ」

帯刀に対する恨みを込めた目を向けて言われた伊織は、はっとした。

「わたしは、悪辣なことをする澤山が許せなかっただけですが、父上も兄上と同じく、わたしをそのように思っておられるのですか」

「わしの問いに答えよ。智将が来れば、斬るのか」

膝に置いている拳に力を込めて答えぬ伊織に対し、十太夫は刀掛けから愛刀正宗《まさむね》を取り、伊織の前に置いた。

「智将を斬るなら、わしを斬ってからゆけ」

できるはずもないことを言う十太夫に、伊織は腹を立てて立ち上がった。

「父上は卑怯だ！」

「わしを卑怯と申すお前はどうなのじゃ。わしを貶めた松平帯刀に尻尾を振っておるお前は、家族よりもおなごが大事なのであろう」

家を捨ててでも琴乃と一緒になるつもりでいた伊織は、何も言えなくなった。

苦しい胸のうちを察したように、一京が言う。

「若、お辛いでしょうが、ここは服部の忠告を受け入れて、一旦江戸を離れたほうがよろしいかと。わたしの叔父が加賀藩の城下町におりますから、面倒を見させます」

伊織は首を横に振った。

「勝手なことをする兄のために、逃げたくはありません」

「若……」

気まずそうな顔をする一京は、十太夫を見た。

十太夫は鼻で笑う。

「どうせ帯刀から、甘い言葉を並べられて誘われたのであろう」

「旗本になることが、いけませぬか」

十太夫は鋭い目をした。

一京がさっと正宗を引き取って離れ、伊織に問う。

「若、先生の許しを得る前に受けられたのですか」

伊織は十太夫から目をそらさず答える。

「説得するつもりで帰っていた時に襲われたのです。されど今の話を聞いて、決して許されぬと分かりました」

十太夫も伊織を見たまま声を張る。

「一京！」

「渡しませぬ！」

正宗を背中に隠して拒む一京に、十太夫はじろりと目を向ける。

「わしにではない。伊織に渡せ」

「若が先生を斬るはずもありませぬぞ！」

怒気を浮かべた顔で訴える一京に、十太夫はふっと笑みを浮かべたが、すぐさま険しい面持ちとなって伊織に告げる。

「智将をここへ連れて帰れ。さすれば、次男であるお前に用はない。どこへでもゆけ」

一京が慌てた。

「先生、本気ですか」

「黙れ。どうなのじゃ伊織、答えよ」

伊織は両手をついた。

「承知いたしました。必ず兄上を連れて帰ります」

すると十太夫は、懐から一通の文を出した。

「これは今日届いたものじゃ」

受け取って開いた伊織は目を通し、ふたたび頭を下げた。

それを見て、一京が十太夫に平身低頭した。

「わたしがお供します」

「ならぬ。伊織が一人でまいれ。一人で乗り込んでお前の思いをぶつければ、智将は家族のために帰ってくるやもしれぬ」

伊織が応じる前に、一京が口を挟んだ。

「智将様は長州藩の屋敷におられるのですぞ」

伊織は、一京に手を差し出した。

「刀をお貸しください」

「ならぬ」

そう告げた十太夫は厳しく続ける。

「戦う意志がないことを示さねば、長州の者は智将と会わせまい」

一京が悲痛な面持ちで訴えた
「それはあまりにも無謀でございます。先生は若を、伊織様を殺すおつもりですか」

「これを切り抜けられぬようでは、旗本になったところでなんの役にも立たぬ！」

惨《むご》い仕打ちだと訴える一京を止めた伊織は、十太夫に告げた。

「明日、兄上を迎えにまいります」

道場から出た伊織が部屋に戻るべく廊下を歩いていると、佐江に呼び止められた。

「伊織様、お帰りなさい。すぐお食事ができます。今日は伊織様が好物の、鯛の天ぷらですよ」

何も知らぬであろう佐江の明るさが、胸にしみる。

微笑んだ伊織は、

「せっかくだが、すませてきた」

と言って、部屋に戻った。

障子を閉めると文机に向かい、明日は何があっても兄を連れて帰ると、覚悟を決めるのだった。

八

その頃智将は、長州藩の下屋敷に来ていた。歩けるようになり、万全ではないにしても、剣と槍を使えるまでに回復していたのだ。

十太夫が智将の行動を知っているのは、長州藩のために動いている久米五郎の働きだ。伊織に見せた文は、まさに久米五郎がもたらしたものである。

伊織はそのことを知らず、十太夫も教える気がなかった。

ただ、上方がどうもきな臭い、と久米五郎に言われ、菫が特に可愛がっていた次男の伊織を動乱の渦に巻き込ませぬために、小冬と夫婦にして、薬屋のあるじに納めようとしたのだ。

「智将を連れて帰ることはできまい」

伊織が道場を出たのちに、十太夫は一京にそう告げていた。

その智将は、怪我をして戻った仲間を見て驚き、瑠衣に問うた。

「誰にやられたのだ」

瑠衣は目を合わせず黙っている。

告げたのは、肩に大怪我をした者だ。

「初音伊織だ。瑠衣殿が言うとおりの場所で奴を待ち伏せた。おぬしの実家に近く苗字も同じだが、まさか身内か」

ことによっては斬る、と言わんばかりの目を向けられた智将は、刀を前に置いて正座した。

「初音伊織は、わたしの弟だ。何ゆえ弟の命を狙う」

すると同志は目を見張った。

「おぬし、何も知らぬのか」

「なんのことだ」

「澤山善次郎殿を倒したのは榊原勝正ではなく、おぬしの弟だ」

「何！」

智将は愕然とし、瑠衣の顔を殴った。

倒れた瑠衣の胸倉をつかんだ智将は、怒り心頭で声をしぼり出した。

「どうして黙っていた」

「お許しください」

「答えろ！」

「若のためだ！」

大声を張りあげられ、智将はそちらを見た。

皆が詰めている大部屋の表側の廊下を歩いてきた宍戸源六が、眉間の皺を深くした顔でそばに来ると、立ったまま智将に言う。

「知ったところで、実の弟は斬れまい。ゆえに黙っていたのだ」

瑠衣から手を離した智将は、頭を下げた。

「殴ってすまなかった」

「いえ」

身なりを整える瑠衣に、宍戸と共に来た島玄武が厳しい目を向けて問う。

「おぬし、わざと負けたのか」

「違います。伊織殿は、恩ある師匠の息子ですから、この手であの世に送ってあげたかったのです」

「嘘だな。命を狙うふりをして信じさせ、逃がそうとしたのであろう」

図星を指されたような顔をする瑠衣を見た智将は、このままでは命が危ないと察して島に言う。

「たとえ弟であっても、我らの邪魔になるなら斬る」

島はじろりと睨み、片笑んだ。

「無理をするな。わしがおぬしの立場なら、弟を斬れるはずもない」

「いや……」

「二度のしくじりは許されぬと言うておるのだ！」

怒鳴る島をたしなめた宍戸が、智将に対し穏やかに告げる。

「伊織殿は、澤山善次郎を倒したほどの遣い手ゆえ、躊躇った時が命取りだ」

智将は宍戸に問う。

「ほんとうに、伊織が澤山殿を倒したのですか」

宍戸は苦い顔でうなずく。

「この島殿が、澤山の口から聞いておるゆえ間違いない」

智将が顔を向けると、島は真顔でうなずく。

「弟は、やはり思ったとおり爪を隠していた」

負けた気がすると同時に、智将は心が奮い立った。澤山と伊織が戦うことになった因縁を、島から聞いたからだ。

「我が家にとって仇同然の松平帯刀に味方するとは、伊織め、許せぬ。宍戸殿、やはり伊織は、わたしがこの手で斬ります」

　宍戸は首を縦に振らぬ。

「若はまだ万全ではないゆえ、ここは島にまかせる」

「承知」

「遣い手を三人選べ」

「ふん、邪魔なだけだ」

　島は抜刀し、懐紙で刀身を拭った。真っ白な紙が赤くなったのを見た智将が問う。

「それは血ですか」

　島は峰を腕に当てて刀身を寝かせ、片眼をつむって刃こぼれを確かめると、得意顔を智将に向けて答える。

「おぬしの弟を捜して町を歩いていた時、討伐組を名乗る二人に因縁をつけられたのだ」

　智将は驚いた。

「斬ったのですか」

「おう。茅部《かやべ》酉太郎《とりたろう》とか申す若造めは御前試合で次席だったようだが、北辰一刀流《ほくしんいっとうりゅう》もたいしたことはない」

「二人目は誰です」

驚きをもって訊いたのは、瑠衣だ。

島は瑠衣を見て答える。

「念流の押田良衛だ。奴は四席のはずだが、茅部より強い」

「逃がしたのですか」

問う瑠衣に、島は不機嫌になった。

「わしを誰だと思うておる」

答えてすぐ片笑んだ島は、刀を鞘に納めて智将に告げる。

「討伐組を間引きしてやったゆえ、おぬしの弟が引っ張られる恐れがある。その前に斬らねば。京に送り込まれてからでは厄介だ。わしを恨んでもよいぞ」

「恨むものですか。これも、この国を異国から守るためです」

「では遠慮なくやらせてもらう」

島はそう言うと、部屋から出ていった。

智将は下屋敷の庭に出た。夜の帳《とばり》が降りた広大な敷地には篝火《かがりび》も焚かれず、月明かりに照らされた森が黒く盛り上がっている。池のほとりに立ち、水面に映る月を見つめた智将は、深いため息をついた。足音がしたので見ると、瑠衣が横に並んだ。

「黙っていてごめんなさい。養生されていた若の身を心配して、言えなかったのです」

「わたしこそ、殴ってすまなかった」

「いえ」

「伊織のことを教えてくれ。昌福寺の試合に勝っただけでなく、まさか澤山殿を倒していたとは驚きだ。お前の目から見てどうなのだ」

「正直に申しますと、わたしがこれまで相手にした誰よりも強く、生まれて初めて、死を意識しました」

智将は驚いた。

「お前にそこまで言わせるか」

瑠衣は真剣な顔でうなずく。

「道場ではまったく気づきませんでしたが、いつの間に腕を上げたのでしょうか」

「伊織には、持って生まれた才があるのだ。わたしは、弟に嫉妬していた」

瑠衣は驚いた顔をした。

「まさか」

「ほんとうだ。おそらく母も見抜いていたからこそ、跡目争いをせぬよう、伊織に剣術の稽古をさせなかったのだ」

「ではどうやって、あのように強くなられたのです」

「母に隠れて稽古をしていたのだ。ずっとな」

瑠衣は心配そうな顔をした。

「若はほんとうに、伊織殿を斬るおつもりでしたのか」

「お前と同じだ。人に斬らせるくらいならと思った」

「わたしは斬ろうとは思っておりませぬ。逃げていただこうとしたのです」

「島殿が行った今となっては、どうにもならぬ。それよりも、伊織は何ゆえ、父の仇敵である松平帯刀と関わっているのだ」

瑠衣は逡巡の色を浮かべた。

智将が正面に立って問う。

「その顔は、知っているのだな。驚かぬから話してくれ」

「今道場に通っている町の者に聞いた話ですから、不確かです」

「それでも構わん」

瑠衣は、琴乃のことを話した。

驚かぬと言っていた智将ではあるが、縁談まで持ち上がっていたと聞き、さすがに笑いが出た。

「それはあるまい。父が許すはずはない」

「さよう。先生は断られました」

「当然だ。帯刀の娘などあり得ぬ。伊織は何ゆえ、そのようなおなごと知り合ったのだ」

「若も会われています」

「何？」

覚えがない智将は眉間に皺を寄せた。

「どこで会ったと言うのだ」

瑠衣は神妙な態度で告げる。

「覚えておられないのも無理はないかと。怪我をして、寛斎先生に助けを求めた時ですから」

智将は絶句した。

朦朧とする意識の中で、寛斎と共に懸命に怪我の手当てをしてくれたおなごがいた。額に汗を浮かべ、着物と手が血で汚れるのも厭《いと》わず助けてくれたあのおなごを、忘れもしないからだ。

浮かぬ顔をする智将を見て、瑠衣が心配した。

「若、覚えているのですか」

「確か、名は琴乃」

「そうです」

智将は辛そうに目を閉じた。

「まさか、帯刀の娘に助けられたとはな」

「それは違います。おなごは手伝っただけで、命の恩人は寛斎先生です」

「伊織は、わたしが助けられたことを知っているのだろうか」

「分かりませぬ」

「二人は、確かに相惚れなのか」

「門人が申しますには、赤城明神で仲睦まじい姿を見たことがあるそうです」

智将は、怒りに身を震わせた。

「父の気持ちを思うと、腹が立ってならぬ。伊織のおこないは裏切り以外の何物でもない。許せぬ。島殿を行かせるべきではなかった。伊織を斬らねばならぬのはわたしだ。島殿を止めに行く」

「いけません」

瑠衣が立ちはだかった。

「やっと歩けるようになったばかりの身体では、伊織殿には勝てませぬ」

それでも行こうとした智将の前に、怪我の手当てを終えた同志たちが来た。

その者たちの前に出た宍戸が、厳しい声で告げる。

「智将殿、ここは、島殿におまかせください。今は悔いなくとも、血の繋がった弟を斬れば、将来必ず、胸にしこりが残りますぞ」

同志たちも皆うなずき、智将を行かせようとしない。

その気持ちが嬉しかった智将は、潮が引くように激昂していた感情が静まり、皆に従った。

「島殿が、弟の親不孝を止めてくださることを願います」

そう言って頭を下げた智将は、来《きた》る異人との戦いに備えるため、皆と詰め部屋に戻った。

九

夜が更けた。

帯刀は評定所の呼び出しに応じて、曲輪内の道三《どうさん》橋を渡っていた。

評定所の座敷に顔を出すと、寺社、勘定、町、この三奉行と、大目付と徒目付《かち》が雁首を揃え、出頭した帯刀に対し、仇でも見るような眼差しを向けてきた。

今や井伊大老の後ろ盾がないとみなされている帯刀に対し、皆遠慮がない。

遠縁である寺社奉行の松平伊豆守《いずのかみ》は、特に厳しい態度で接した。

「帯刀殿、そのほうは長州者を見張っておったのではないのか」

上屋敷に目を光らせている帯刀は、落ち着いた声音で答える。

「桜田の屋敷に、これといった動きはありませぬが……、何かございましたか」

伊豆守は苦い顔で口を開いた。

「本日の夕刻に討伐組の二名が斬られた。相手は脱藩浪士と名乗ったそうだが、この男に間違いないそうだ」

差し出された人相書きは、丹波園部藩の島玄武だった。

帯刀はそれを見て、胸がざわついた。井伊大老が討たれた頃、この男は京で所司代の暗殺を企てて失敗すると、大勢の幕府用人を斬り、公卿たちが長州藩の勢いに目を向けるよう仕向けていたからだ。

「あの人斬りが、江戸に来ておるのですか」

伊豆守が吐き捨てるように言う。

「各関所に人相書きを回して警戒しておったが、まるで笊《ざる》じゃ。なんの役にも立っておらぬ」

「討伐組は、誰が斬られたのですか」

「茅部と押田だ。いずれも各流派を代表する遣い手であるが、島玄武には敵わなかったようじゃ」

帯刀は両手をついて失態を詫びたうえで、こう述べた。

「島玄武が毛利家の上屋敷に入れば、家来が見逃すはずはございませぬ。潜伏しておるとすれば、離れた土地にある下屋敷あたりが怪しいかと」

下屋敷は伊豆守が命じた別の旗本が受け持っている。

しかし伊豆守は不機嫌にならなかった。

「そのほうが申すとおりじゃ」

任命責任を認めたうえで続ける。

「夜更けに呼び出したのは他でもない。下屋敷を見張る者の任を解くゆえ、そのほうに引き継いでもらいたい。ただし、決して藩邸に踏み込んではならぬ。外で島を見つけたらただちに捕らえよ。口を割らせて、京での悪行に毛利家の関与があれば、御公儀の名をもって対処する」

「桜田の上屋敷はいかがなされます」

「大目付が当たることとする」

伊豆守の言葉を受け、帯刀は大目付に告げる。

「桜田の屋敷におる者たちは、今のところ大人しゅうしてございますが、討伐組が二人も失われたこの機を逃さず、京に上ろうとするやもしれませぬ。吉田松陰の弟子である久坂玄瑞《くさかげんずい》は特に過激でございますから、くれぐれもお気を付けくだされ」

気の弱そうな顔をしている大目付は分かったと言ったものの、自信がなさそうだ。

他におらぬかと思った帯刀であるが、伊豆守に気を遣い、喉元まで出かかった言葉を飲み込んだ。そして、伊豆守に問う。

「水戸の動きはいかがですか」

「磯部が申すには、相変わらず横浜港の閉鎖を訴えておるようじゃが、今のところ目立った動きはない」

表情が憂いを含んでいるように見えた帯刀は問う。

「何か、気になりますか」

伊豆守は顔をしかめた。

「静かすぎるのが、どうも不気味じゃ」

井伊大老を暗殺した者のほとんどが水戸浪士だったため、伊豆守が恐れるのは無理もないことだ。

そう思ういっぽうで帯刀は、実はこの伊豆守も水戸派ではないかと、疑っている。

この機を利用して、毛利家の重臣が詰める桜田の屋敷から帯刀を遠ざけ、いかにも抜かりがありそうな大目付を当てて、重臣が動きやすくしているのではないか。

ただし、これはあくまで、世渡り上手な伊豆守に対する帯刀の推量であり、証は何もない。

ともあれ、新たな役目を帯びて番町の屋敷に帰った帯刀は、待っていた芦田藤四郎に命じて、配置換えをさせた。

「明日は、わしも出張る」

家来たちにそう告げた帯刀は、役目に備えて寝所で休むことにした。

枕を並べる鶴に、帯刀は問う。

「琴乃は、今日はどうであった」

鶴は穏やかに答える。

「伊織殿の話を聞いて、すっかり以前の明るさを取り戻しました。縁が結ばれるよう、仏壇に手を合わせたりして」

「そうか」

「でも、わたくしは不安です」

鶴の気持ちが分かる帯刀は、憂いがまじった息を吐く。

「十太夫殿が認めるとは思えぬが、伊織が琴乃を想う気持ちは強い。どうあってもこちらに来てくれると信じたからこそ、琴乃に話したのだ」

「お前様こそ、すっかり伊織殿に惚れているようですね」

微笑む鶴に、帯刀は苦笑いを浮かべた。

「そう見えるか」

「はい」

「決まってもおらぬことを話したのは、琴乃のためじゃ。近頃また、気鬱になっておったようじゃからな」

「あの年頃には、よくあることです」

「縁談を急ぎすぎたわしが悪いのじゃ。伊織のことは、それこそ年頃の娘ゆえの、一時の気の迷いと思い込んでおった」

鶴は帯刀の胸に手を差し伸べた。

「そこまで心配されて、琴乃は幸せ者です」

「明日は早い。もう寝るぞ」

帯刀は話を切り、鶴に背中を向けた。

くすりと笑った鶴は、背中をさすりながら、帯刀の心労を労うのだった。

十

伊織は眠れぬ夜を過ごしていた。梟《ふくろう》がどこかで鳴いているのを聞きながら、何度も寝返りを打って考えるのは、父と兄のことだ。

自分だけが何も知らなかったことが悔しいのではなく、寂しかった。だが、早くから兄の行動を知っていれば、昌福寺の試合には出なかったはずだ。兄はおそらく、道場に通っていた長州藩の者たちと志をひとつにしていたに違いなく、今まさに、行動に出ている。

父が磯部に囚われたのも兄のせいだと思うと、母の死が悔やまれる。

「すべて、兄上のせいだ」

口に出したのはこれで何度目か。

十太夫は明らかに、そばにいる伊織よりも長男である智将に重きを置いている。志を持って行動している者を連れ戻せなどと、できもせぬことを命じたのも、松平帯刀から伊織を切り離すために違いないのだ。

「将軍家の旗本になれば、いずれ必ず、智将様と敵対する立場になりますぞ」

あのあと、部屋に来た一京が告げた言葉が頭から離れぬ伊織は、苦しんでいるのだ。

やがて、夜が白みはじめた。

身を起こした伊織は、座禅を組み、己の心に問うた。そして出した答えは、やはり父が命じたとおり、なんとしても兄を連れ戻すことだ。

智将が長州藩から離れて父の跡を継げば、旗本になっても敵対する事態にはならぬと思った。

昌福寺の試合に出たのも、兄に帰ってもらいたい一心でしたこと。ゆえに、これしかないのだと自分に言い聞かせた伊織は、立ち上がり、部屋を出た。

いつも一番に起きる佐江は、もう朝餉の支度をはじめていた。

冷たい水を頭から被って身を清めた伊織は、下帯を新しい物に替え、身なりを整えて佐江のいる台所に行った。

気づいた佐江が、驚いた顔をした。

「伊織様、今朝はお早いですね」

「出かけるから、湯漬けを食べさせてくれ」

「まあ、湯漬けだなんて。今から出汁巻き玉子を作りますからお待ちください」

「時がない」

「どちらにお出かけです」

「兄を迎えに行く」

知らされていなかった佐江は目を見張った。

「智将様がお戻りになるのですか」

「分からない。でも説得してみせる」

「説得だなんて、どういうことです？」

「詳しいことは、父上に聞いてくれ。兄が出かける前に行きたいから、早く食べさせてくれないか。腹が減っては戦にならぬと言うだろう」

つい出た言葉に、佐江は持っていた柄杓を落とした。

「戦ですって」

「戦う気で説得するという意味だ」

言い変えた伊織に安堵した佐江は、望みどおり湯漬けを出してくれた。

昨日の夜から何も食べていなかった伊織は湯漬けで腹ごしらえをすると、脇差も持たず出かけた。

向かうのは、久米五郎が文に書いてきた毛利家の下屋敷だ。麻布へは一度も行ったことがない伊織は町駕籠を雇い、急がせた。

揺られること半刻（約一時間）、急がせたため疲れた駕籠かきのために、途中で駕籠を三度乗り継いだ。麻布を縄張りにしている駕籠かきが着いたと声をかけてきたので、伊織は駕籠から降りた。

銭を払うと、駕籠かきが言う。

「お帰りのために待っていましょうか」

「いや、二人になるからいい。ありがとう」

「へい、ありがとうございやす」

愛想が良い駕籠かきは、相棒に声をかけて帰っていった。

伊織は目の前にある立派な門を見上げた。藩主がいない下屋敷といえども、三十六万九千石の大名だけに、近寄りがたい威厳がある。

かつて、父のもとに大勢の長州藩士が集っていたのを昨日のことのように思い浮かべた伊織は、名乗れば必ず兄に会わせてくれると信じて、門をたたくべく石畳に足を踏み入れた。澤山善次郎の仇だと言って囲まれるかもしれないという思いが湧いたが、恐れず門に進む。

「待て！」

声がしたのは背後からだ。

振り向くと、たちまちのうちに囲まれた。見覚えのある顔は、帯刀の家来たちだった。吉井大善と臼井小弥太もいる。

その吉井が伊織の腕をつかみ、門前から離しながら言う。

「殿がお待ちだ」

伊織は察した。

「毛利家を見張っておられたのですか」

吉井は答えず、表門を遠く望む位置まで伊織を連れていく。

帯刀が待っていたのは、旗本の屋敷だった。毛利の屋敷を見張るためにこの屋敷を借りていたのだ。

門から出てきた帯刀が、苦い面構えで歩み寄る。

「おぬし、毛利の下屋敷になんの用がある」

正直に話せば、帯刀は伊織を敵とみなす恐れがある。

今ははっきりと、家族より琴乃を大切に思っているはずなのに、伊織はどう答えるべきか迷った。

先に口を開いたのは吉井だ。

「殿に答えられぬことをしにまいったのだな。毛利の者と繋がっておるのか」

「違います」

兄を連れ戻しに来たと言おうとした時、通りにいた家来が声を張りあげた。

「そこで止まれ！」

振り向く吉井に続いて伊織が目を向けた時、黒漆塗りの編笠を被った、黒い羽織袴姿の剣客風が一人、悠然と近づいてきた。毛利家の表門とは逆の方角から来たその剣客風は、止まれと命じた家来に対し、何も答えることなくいきなり抜刀し、袈裟斬りにした。

いきなりの凶行にあっと声をあげた家来たちは、慌てて刀を抜こうとしたのだが、刺客と化した男は斬り進んでくる。

「おのれ！」

臼井小弥太が叫んで斬りかかった。

刺客は片手で臼井の刀を弾き上げると、切っ先を喉に向ける。

うっと息を呑んだ臼井が下がり、吉井と共に帯刀を守る。

二人に向けて編笠を飛ばした男の顔を見た帯刀は、はっとして伊織の腕を引いて下がらせ、家来たちに言う。

「島玄武じゃ！　捕らえよ！」

島は鼻で笑った。

「やめておけ、死ぬだけだ」

「黙れ！」

吉井が斬りかかった。

島は吉井を見もせずかわし、猛然と帯刀に迫る。

別の家来が横手から斬りかかるのをひらりとかわした島は、空振りした家来の背後を取って脇腹を斬った。そして殺気に満ちた顔を向けたのは帯刀ではなく、伊織だ。

「初音伊織だな」

「そうです」

刀を持たぬ伊織だが、島は容赦なく向かってきた。

臼井があいだに割って入ったが、島はどけと怒鳴って刀を打ち下ろす。

臼井は受け止めて押し返そうとしたが、島は刃を滑らせて肩透かしを食わせると、別の家来を蹴散らし、猛牛のごとく伊織に向かってくる。

帯刀が出ようとしたが、伊織が腕を引いて止めた。

対峙した島が、鷹のような鋭い眼差しで口を開く。

「わざわざ殺されに来たのではあるまい。智将殿を連れ戻しに来たのか」

「伊織、どういうことだ」

訊く帯刀に、伊織ではなく島が答える。

「この者の兄は、我らと同じ攘夷志士だ。伊織、今なら間に合うぞ。旗本など見捨ててそこをどけ。こ奴らを始末したら、わしと共に智将殿のもとへ行こう。澤山を倒したことは水に流すよう、わしが皆を説得する」

穏やかな表情でそう告げた島だが、伊織は信じていない。目の奥にある光が、血を求めているように見えたからだ。

それを確かめるべく、伊織は一歩前に出た。島は刀を鞘に納めながら背中を向けたのだが、次の刹那、抜刀術をもって振り向きざまに、刀を一閃した。

用心していた伊織は飛びすさってかわした。

島は無言で襲い来る。

袈裟斬りに打ち下ろす一撃を伊織がかわすと、島は返す刀で斬り上げた。

これもかわしてみせる伊織に、島は鋭い目を向ける。

「なるほど、澤山を倒すだけのことはある」

この隙を突いて背後から斬りかかった帯刀の家来だったが、島は伊織を見たまま右に足を運んでかわした。

空振りした家来が、気合を発してふたたび島に斬りかかった。だがまったく相手にならず、刀を弾き飛ばされる始末だ。

家来は恐れた顔をしている。

もはや島は、斬る気にもなれぬとばかりに峰打ちで額を打ち、伊織に向く。

「遊びはこれまでだ」

言うなり刀身を右肩に乗せ、左足を前に出して低く構えると、一足飛びに間合いを詰めてきた。

袈裟斬りに打ち下ろすと見せかけ、刀身を転じて鋭く突いてきた。

切っ先がまるで生き物のように伸び、伊織の胸を捉える。

かわせなかった伊織は、片膝をついた。狙われた胸への攻撃をかわしたつもりだったが、脇腹を突かれたのだ。傷は浅いが痛む。伊織は歯を食いしばって島を見上げる。

「死ね！」

島は怒気を放ち、幹竹割りに伊織の頭めがけて打ち下ろす。

右に転がってかわした伊織は、落ちていた家来の刀をつかんだ。そして、片膝をついたままの伊織めがけてふたたび斬り下ろした島の刀を受け流し、刃を閃かせた。

かわした島は、立ち上がった伊織に言う。

「なかなかやるではないか」

伊織は答えず、正眼に構えた。その目つきを見た島は、さも愉快そうな顔をした。

「おぬし、命がけで戦うのが好きなのであろう」

「悪辣な者が許せぬだけだ」

声音を低く答える伊織に、島は笑みを消し、油断なく構えた。そして気合を発して、一足飛びに斬りかかる。

伊織は顔をぴくりともさせず身を引き、島の袈裟斬りをかわした。

「てえい」

苛立ちの声を張った島が、一歩踏み込んで突く。すると目の前から、伊織が消えたように見えた。

気配にうっと息を呑んだ島が、右を見た時には遅かった。腰を斬られた島は、刀を地面に突き刺して堪えようとしたが、足に力が入らず倒れた。それはほんの短い勝負だった。

「それ！」

吉井の号令で家来たちが飛びかかり、腰の痛みに呻きながらも抵抗する島の手から刀を奪い、取り押さえた。

大勢の人を斬り殺して恐れられた島は、信じられぬという顔で伊織を見てきた。

「おぬし、相手の動きが読めるのか」

「…………」

「答えろ。剣気を読むのかと問うておる」

「無心、と言うておきましょう」

伊織が真顔で答えると、島はふっと笑みを浮かべた。

「なるほど、澤山が生かしておくなと言ったわけだ」

二人のあいだに割って入り、伊織の前に立った帯刀は、こめかみに青筋を浮かべて、不機嫌極まりない様子だ。

「おい伊織、どういうことだ。兄は剣術修行の旅に出ておったのではないのか」

伊織は刀を置いて首を垂れた。

「わたしもそう思っておりました。昨日父から聞き、連れ戻しに来たのです。帯刀殿の話を受けたければ、兄を道場に……」

「もうよい！」

帯刀は声を張りあげ、目をつり上げて続ける。

「やはり、磯部兵部が睨んだとおりであったようじゃ。倒幕をたくらむ家の者に、琴乃をやるわけにはゆかぬ」

「お聞きください」

「去れ!」

拒絶した帯刀は、捕縛された島のところへ行った。

伊織が両膝をついたまま肩を落としていると、家来が来て片膝をつく。

「刀を、お返しくだされ」

茫然と差し出す刀を受け取った家来が、

「お見事でございました」

こう述べて頭を下げ、帯刀のもとへ走った。

気の毒そうな顔をして見ていた臼井も、帯刀に呼ばれると、伊織に頭を下げて向かった。

馬蹄の音が通りに響いてきた。

「殿!」

大声を発しながら馬を駆ってきた者を伊織が見上げると、焦った顔の芦田藤四郎が大変だと言って、帯刀のところへ行く。

「何ごとだ」

問う帯刀に、馬を下りた藤四郎が片膝をついて告げる。

「お嬢様が、勝正に連れ去られました」

愕然とした帯刀は、顔を真っ赤にして怒った。

「貴様何をしておった。みすみす勝正を屋敷に入れたばかりか、琴乃を連れ去られるとは何ごとだ！」

藤四郎は伏して詫びた。

「勝正めは、使いから戻った美津殿を待ち伏せ、ピストルで脅して屋敷に押し入ったのです」

帯刀は大きく目を見張った。

「ピストルじゃと？」

「はい。騒ぎを聞いて駆け付けた時は、お嬢様に銃口を向けており、手出しができませんでした」

「どこへ逃げた！　誰も追っておらぬのか！」

つかみかかって問う帯刀に、藤四郎が泣きっ面で答える。

「御公儀に返納した榊原家の元屋敷に、立て籠もっております」

「なんたる恥辱じゃ」

焦る帯刀を見て、島が愉快そうに笑った。

「早う行かねば、娘が手籠めにされるぞ」

「黙れ！」

帯刀が怒鳴った時、伊織はもう走り出していた。

程なく二頭の馬が近づき、帯刀と藤四郎が追い抜いていった。

帯刀は伊織に振り向き、

「来るでない！」

と怒鳴って前を向き、馬に鞭を入れた。

それでも伊織は止まるはずもない。

島は家来たちが引っ立て、吉井と臼井が伊織のあとに続いて走ってくる。

毛利屋敷の角を曲がって帯刀たちを追っていた時、長屋塀の木戸を開けて一人の男が出てきた。忘れもせぬ兄智将だった。

気づいた智将は驚いた顔をして声をかけてきた。

「伊織、ここで何をしている」

「兄上！　道場に帰ってください！」

「待て伊織、話をしよう」

「今は時がありませぬ。お願いですから、道場に帰ってください」

せっかく会えた兄よりも、琴乃のことしか考えられない伊織は、麻布の町を走り抜け、赤坂御門を目指した。叫びたいほど、番町が遠く感じられた。

十一

榊原勝正は、琴乃の手足を縛ったりはせず、つい最近まで夢を膨らませていた奥御殿の一室に籠もっていた。

外は、帯刀の家来たちが騒がしいが、入ってくる様子はない。

障子の隙間からうかがっていた勝正は、ただ黙って座っている琴乃に、穏やかな顔を向ける。

「この座敷は、そなたのために改修を終えたばかりだった。襖を見てくれ、評判の絵師に頼んで、そなたが好きな猫を描かせたのだ。松の木に登っておる姿など、子供の頃に可愛がっていた猫にそっくりであろう」

「どうして、このようなことを……」

「こっちを見てくれ、これなど良い顔をしているだろう」

襖絵の猫を嬉しそうに示す勝正は、右手のピストルを離そうとしない。羽織の袖口から見える左腕は手首から先がなく、布を巻いて隠している。

目の下にくまを浮かせている勝正は、庭で人の声がしたのにキッと目を向けるや、足で障子を開けてピストルを一発撃った。

様子を探っていた帯刀の家来が、目の前の土を巻き上げる弾丸に腰を抜かし、あたふたと逃げてゆく。

勝正はピストルを琴乃に見せ、苦い顔で口を開く。

「わたしを襲った者どもは、時勢に流されて攘夷攘夷と口を揃え、異国の者を追い出せとうるさい。だがそのような輩は、このピストルや、巨大な大砲をいくつも積んでいる黒船を造ることができる国と戦《いくさ》をして本気で勝てると思うておる馬鹿者どもだ」

怒りをぶちまけるように話す勝正は、琴乃の前を落ち着きなく歩きながら続けた。

「井伊大老は、誰よりもこの国のことを思って国を開いたというのに、それが分からぬ奴らは、アメリカやイギリスと無謀な戦をして痛い目に遭えばよいのだ。大勢の兵や民が死に、日ノ本の町は灰燼に帰すであろう。そうなれば、井伊様が正しかったと後悔するに決まっておる。だがその時には、この国は異国の者に支配されておろう。日ノ本の人間は誰しも下男下女以下の扱いを受け、女は異国に連れていかれて慰み者にされるのだ。そのような目に、そなたを遭わせるわけにはゆかぬ。二人が夫婦となって暮らすはずだったこの部屋で、極楽へ旅立とう」

琴乃が恐怖に身を硬くした時、外から松哲の声がした。

「これ勝正、わしと話をせぬか。顔を見せてくれ」

勝正は、怒りを噛み殺したような顔で目をつむった。

「そなたの爺様は、今さら何を話そうとしておるのであろうな。わたしとそなたは、物心が付く前から共に育った仲だ。父と母は、琴乃は好い娘だ、勝正は幸せ者だと言って、わたしとそなたが夫婦になる日を楽しみにしていたのだ。わたしは、そなたの夫に相応しい男になるため勉学に励み、苦手な武芸もそれなりにしていた」

勝正は琴乃のそばに来ると、ピストルを置いてそっと肩に触れた。愛おしそうな目で琴乃の頬に触れようとしたが、琴乃が身を引くと、寂しそうに目を伏せた。

「そなたも、わたしと夫婦になると約束してくれたではないか」

「それは、幼い時のことです」

「そう、まだ五つの時であった」

勝正はふっと息を吐くように笑った。

「されどその後もわたしたちは親しく付き合い、そなたは優しくしてくれていたではないか。伊織が現れてから、そなたは変わってしまった」

「それは思い違いです。わたしは……」

「まあいい」

琴乃の本心を聞こうとしない勝正は立ち上がり、猫の絵の襖を開けた。何もないはずの部屋に、白無垢の花嫁衣装が衣桁に掛けられていた。その横には、勝正の紋付き羽織と袴が飾ってある。

驚いた顔をした琴乃に、勝正は優しく微笑む。

「母の物だ。さぞそなたに似合うだろうと思い、持ってきた」

「勝正殿、おやめください。今ならまだ……」

「言っただろう。井伊様がいない今の幕府では、攘夷派を抑えることはできぬ。この国に明るい未来などないのだ。そなたを守るために、わたしは戻ってきたのだ」

「わたしは、死にたくはありませぬ」

「伊織には渡さぬ。奴は、帯刀殿とそなたを騙している。わたしは知っているのだ。神楽坂でフランス人と帯刀殿を襲った刺客の中に、伊織の兄智将がいたことを。そしてそなたと寛斎は、智将の命を助けたであろう」

　はっとする琴乃に、勝正は厳しい目をした。

「どうして黙っていたかは、言わずとも分かるだろう。すべて、わたしとそなたのためだ。帯刀殿が伊織とそなたを夫婦にしようとすれば、すべて話して邪魔をするつもりだった。だがそなたがわたしの許嫁になったゆえ、胸に秘めていたのだ」

　何も言わぬ琴乃に、勝正は疑問をぶつけた。

「まさかそなた、智将が帯刀殿を襲ったのを知っていたのか」

　琴乃は首を横に振った。

　だが勝正は信じない。

「帯刀殿が襲われた日に智将が寛斎のところに逃げ込んだのだ。薄々気づいていたな。そうと知っていて、何ゆえ伊織を近づける。父親の命を狙うた家の者だぞ」

「………」

答えぬ琴乃に、勝正はふっと笑みを浮かべる。

「それだけ、想うておるのか」

「今の話はまことか！」

廊下でした帯刀の声に、勝正はピストルの銃口を向けた。

「勝正、答えよ！」

厳しく言われて、勝正は声を張る。

「嘘ではありませぬ。帯刀殿が襲われた時、わたしは水谷と共に、手負いとなった刺客を捕らえようとして跡をつけたのです」

「お前は澤山の時と同じように、労せずして手柄を得ようとしたのか」

「そのようなことは、今となってはどうでもよいではありませぬか。わたしは真実を語っております。敵の家の者と琴乃を添い遂げさせるなど、愚かな真似はさせませぬ」

「伊織様は敵ではありませぬ」

必死に訴える琴乃に、勝正は目を向けた。落ち着いた眼差しに、一点の迷いもない。

帯刀が障子越しに言う。

「開けるぞ。顔を見て話そうではないか」

勝正はピストルを撃った。

乾いた音が響くと同時に、帯刀の影が映っている眼前の障子に穴が開いた。

「待て勝正！　落ち着いてくれ！」

説得しようとする帯刀に対し、勝正は銃口を向けて告げる。

「下がらねば、次は外しませぬぞ。わたしは、異国に潰されるこの世に琴乃を残して逝きとうないのです」

「妄言を吐くでない！　死にたければ一人で死ね」

「うるさい！」

怒鳴った勝正はピストルの銃口を帯刀に向けた。

琴乃は父を助けようと、必死の形相で後ろから体当たりした。

勝正は体勢を崩し、暴発した弾が鴨居に当たって破片を飛ばした。

帯刀がその下の障子を開けて飛び込んできた。

慌てた勝正は、琴乃を撃つべく銃口を向けようとしたのだが、

「やめい！」

怒鳴った帯刀に横から突き飛ばされて倒れた。

その隙を逃さぬ帯刀は、娘の肩を抱いて逃げるべく廊下に向かう。

「おのれ！」

血走った目を向けた勝正がピストルの銃口を向け、琴乃に狙いを定める。引き金を引き、銃口が火を噴く。

弾は帯刀の肩をかすめた。

呻いた帯刀が、琴乃を突き飛ばして勝正に向きなおった。

「どけ！」

勝正は胸に狙いを定めるや、引き金を引いた。

乾いた発砲音がするのと、帯刀をかばう者が目の前に出たのが同時だった。

「そなた……」

絶句する帯刀の前で胸を押さえて膝をついたのは、伊織だ。

琴乃が叫び、伊織に駆け寄ろうとするのを帯刀が抱き止めた。

伊織は勝正を見つめて立ち上がり、両手を広げた。

「誉れ高き旗本であろう。これ以上、御家の名を汚すな」

「黙れ！」

怒りのあまり、喉から声をしぼり出した勝正は、伊織の顔を狙って引き金を引いた。だが、弾は出ない。何度も引き金を引いた勝正は、取り押さえようと廊下に上がった藤四郎と吉井に向けてピストルを投げ、母の白無垢を飾っている隣の部屋に下がると、襖を閉めた。

吉井が抜刀し、油断なく開けると、膝立ちになっていた勝正が、右手のみで脇差を腹に突き刺した。

口から血を吐いた勝正は、涙ぐんだ目を伊織に向けた。

「先に、地獄で待っておる」

そう言うと脇差を抜いた勝正は、喉を突いて息絶えた。

帯刀に押さえられ、勝正の死にざまを見ていなかった琴乃は、目の前で伊織が倒れたのを見て息を呑んだ。

「伊織様！」

帯刀の力がゆるみ、琴乃は俯せに倒れている伊織にしがみ付くと、仰向けにした。

ぐったりとしている伊織の着物の前を開こうとしても、動揺のあまり手が震えてうまくできない。

帯刀が脇差を持って、着物を切り裂いた。

弾が当たったのは、右胸の上方だ。

琴乃は叫びたいのを必死に堪えて気持ちを落ち着かせ、伊織の脈を診た。

「どうじゃ」

問う帯刀に、琴乃は傷口を押さえて言う。

「このままでは危のうございます。早く寛斎先生を」

「連れて行く方が早いのではないか」

「血が止まりませぬから、我が家にお運びするのが精一杯です」

「よし」

帯刀は藤四郎に馬で行けと命じ、家来たちに命じて、伊織を松平家の屋敷へ運ばせた。

伊織は、朦朧とする意識の中で、琴乃の温もりを感じていた。

「伊織様、わたしの部屋に着きました。しっかりしてください」

　琴乃の励ましに応じて、僅かに目を開けた伊織は、胸を押さえている琴乃の手に自らの手を重ねた。

「無事で、良かった」

　そう言って微笑んだが、目の前が暗くなり、名を呼び続ける琴乃の声が遠ざかった。

十二

　十太夫が帯刀からの文を受け取ったのは、その日の夜、一京と共に、伊織の帰りを待っていた時だ。

　智将を連れて帰れば、伊織を好きなように生きさせると決めていた十太夫は、帯刀の文に目を通し、深いため息をついた。

「なんと書かれているのです」

　問う一京に、十太夫は渋い顔を向ける。

「伊織が、異国の短筒で撃たれたそうじゃ」

一京は驚いて立ち上がった。

「生きておられるのですか」

「落ち着け」

「落ち着いてなどおられませぬ。若の怪我の具合はなんと書かれているのです」

「寛斎が紹介した蘭方医が弾を取り出したそうじゃが、目をさまさぬらしい。血を多く失っておるゆえ、生きられるかどうか分からぬと書いてある」

「そんな。若は今どこにいるのです」

「松平家の本宅じゃ。血迷うた榊原勝正から帯刀殿を守ろうとして、撃たれたらしい」

「手紙で知らせてくるとは、無礼ではありませぬか」

「その帯刀殿も怪我をしておるゆえ、許しを請うておる」

「若のところへ行きます」

「ならぬ」

「どうしてですか」

「伊織は、智将よりも琴乃殿を選んだのじゃ。たった今より、伊織を勘当する。もはや、わしの子とは思わぬ」

廊下で物が割れる音がした。顔を真っ青にした佐江が座敷に入ってくると、両手をついて額を畳にこすりつけた。

「どうか、お考えなおしください。これにはきっと深いわけがあるはずです。伊織様は人の命を重んじただけに違いありませぬ」

「此度ばかりは、そなたの頼みでも聞けぬ。死のうが生きようが、もはやわしの知ったことではない。誰も、松平家に行ってはならぬ。よいな！」

「先生！」

悲痛な叫び声をあげる佐江に一京が駆け寄り、耳打ちした。

十太夫の本心を知った佐江は、涙を流して、伊織の無事を祈念しに赤城明神に行くと言い、夜の町へ飛び出した。

「一京、何を言うたのだ」

「先生は、若のために勘当されたに違いないと」

「勝手なことを言いおって」

不機嫌に告げた十太夫は、顎で外を示す。

「何をしておる、佐江を追わぬか。松平家に行かぬよう見張れ」

「はは」

一京は急いで出ていった。

伊織の身を案じぬはずもない十太夫は、また深いため息をついた。

「わしの子は、どいつもこいつも親不孝者じゃ」

そう吐き捨てると天を仰ぎ、

「菫、子供たちを守ってくれ」

つい、亡き妻に願うほど、心がざわついていた。


いっぽう、毛利家の下屋敷では、島玄武を倒したのが伊織だと知らされたばかりで、激震が走っていた。

特に智将は、島が長州の者でないとはいえ、同志たちに申しわけなく、肩身が狭い思いをしていた。と同時に、己が敵わなかった討伐組の者を倒した島に、伊織が

勝った事実に驚嘆し、

「伊織は、思ったとおり剣士としての才がある。わたしなど、足下にも及ばぬほどだ」

瑠衣にそうこぼし、悔し涙を流した。

そんな智将を、詰め部屋にいる同志たちは見ないようにしている。

「誰が斬る」

声を張ったのは、年長の長州藩士だ。

宍戸源六は苦い顔をして黙っている。島玄武より腕が立つ者は、ここにはいないからだ。

そこへ、上屋敷に詰めている同志が来た。

主に幕府の動きを探っているその若者は、かつて初音道場の釜の飯を食べていた周《す》防《おう》新《しん》九《く》郎《ろう》だ。

「智将殿、たった今しがた、久米五郎から知らせが来ました。伊織殿がピストルで撃たれて危篤だそうです」

智将よりも瑠衣が驚いて立ち、大声をあげた。

「撃ったのは誰だ！」

周防は神妙な顔で、番町の騒ぎを語った。

榊原勝正の凶行を聞いた同志たちは、智将に気を遣った風で喜びはしない。

周防が智将に続ける。

「久米五郎が申しますには、伊織殿は、智将殿を道場に連れ戻すために、ここへ来ようとしていたようです」

そこへ島が現れたのだと知った智将は、しんと静まり返る中、皆に告げる。

「ともあれこれで、伊織を襲う手間が省けました。このまま目をさまさぬほうが、わたしとしては……」

「智将殿」

宍戸源六が、その先は言うなという顔つきで首を横に振った。そして皆に告げる。

「初音伊織は、もはや我らの脅威にはならぬと思うて、今は忘れよう。異人排除の命令が下された時のために、近々横浜に移動する。よいな」

皆がうなずくのを見た智将は、弟を想う気持ちを押し殺して、同志たちに頭を下げた。

十三

季節が移ろい、年が明けた文久二年の一月十五日、またしても江戸を震撼させる事件が起きた。

水戸浪士たちが、江戸城坂下門外で老中の安藤信正を暗殺しようとしたのだ。

これにより、益々窮地に立たされたのは、水戸藩邸を見張っていた磯部兵部だった。

井伊大老に続き、安藤まで襲われたとあっては、幕府の権威は失墜する。これを許した磯部は役目を解かれ、蟄居《ちっきょ》閉門を命じられたのだ。

それを機に、倒幕派の者たちの勢いが増すのを警戒した幕府は、旗本から剣術に優れた者たちを選抜し、討伐組に勝る剣士集団を作るべく動きはじめている。

この情勢を、爪を嚙む思いで見ていたのは、他でもない帯刀だ。

「伊織が目をさましておれば、旗本に推挙する良い折であったろうに」

毛利家の見張りから久しぶりに戻った帯刀は、妻の鶴にそうこぼした。

伊織は今も松平家の奥御殿で眠り続け、琴乃の手厚い看病を受けている。

十太夫からは、

「息子とは思わぬ」

という返答の手紙が一度来たのみで、見舞いに来ることもない。

帯刀は、己と琴乃を命懸けで救った伊織をそばに置くと決め、目覚めるのを今日か明日かと待ちわびているのだ。

「琴乃はどうじゃ。くたびれておらぬか」

帯刀の問いに、鶴は神妙にうなずく。

「正直なところわたくしは、琴乃があそこまで伊織殿を想うているとは考えていませんでした。誰にもまかせず、必ず目をさまされると信じて世話をする姿は、傍《はた》から見ていても辛くて……」

「泣くな。琴乃は、そばにおれるだけで幸せだと言うておったではないか」

「でも、返事をしてくれぬ伊織殿に、琴乃は微笑んで語りかけているのですもの、可哀そうで……。誰か、他に良い医者はいないでしょうか」

「寛斎が聞けば臍を曲げるぞ。琴乃も薬師を目指して身体のことを学んでおるのだから、まかせておけ」

「はい」

「父と母は息災か」

「離れから、やはり琴乃たちのことを案じておられます」

「ちと、顔を見てまいろう」

帯刀はそう言うと、奥御殿の廊下に出た。

松哲と益子が暮らす離れに行く前に、中庭を挟んだ向こう側にある琴乃の部屋をそっとうかがった。

すると琴乃は、鶴が言ったとおり布団で眠り続ける伊織のそばにおり、書物を広げていた。

薬学の書物でも読んでいるのだと思った帯刀は、そっとその場から離れた。

この時琴乃は、伊織に物語を読み聞かせていた。

難しい物語ではなく、近頃江戸市中で流行っている戯作だ。

内容は、苦労をしながらも、明るく生きている一人の若者の出世物語だ。

終わりまで読み聞かせた琴乃は、人のために懸命に生きた若者の生きざまを伊織に重ね、そっと、手をにぎった。

伊織の温もりを感じるだけで、琴乃は幸せだった。耳元に顔を近づけた琴乃は、

「良い夢を見てください」

そう言って微笑み、少しだけ休もうと思い、そばを離れず横になった。そして、伊織の顔を見つめながら、目を閉じて眠りについた。

深い愛情に応えるように、伊織の指が僅かに動いた。だが、眠りについてしまっていた琴乃は、気づかなかった。

伊織は眉間に皺を寄せ、僅かに瞼を開けたのだが、そばに愛する琴乃がいることに気づく前に、また深い眠りに落ちるように瞼を閉じてしまうのだった。

この作品は書き下ろしです。

姫《ひめ》と剣士《けんし》 三

佐々木裕一《ささきゆういち》

令和6年6月10日　初版発行

発行人――石原正康
編集人――高部真人
発行所――株式会社幻冬舎
〒151-0051東京都渋谷区千駄ヶ谷4-9-7
電話　03(5411)6222(営業)
　　　03(5411)6211(編集)
公式HP　https://www.gentosha.co.jp/
印刷・製本―錦明印刷株式会社
装丁者――高橋雅之

幻冬舎時代小説文庫

ISBN978-4-344-43391-5　C0193　さ-34-9

この本に関するご意見・ご感想は、下記アンケートフォームからお寄せください。
https://www.gentosha.co.jp/e/